W0193607

DROEMER

Von Karin Kalisa ist bereits folgender Titel erschienen:
Sungs Laden

KARIN
KALISA

STERNSTUNDE

EINE WINTERERZÄHLUNG

MIT ILLUSTRATIONEN VON
STEPHANIE PFEIFFER

DROEMER

Besuchen Sie uns im Internet:
www.droemer.de

FSC
www.fsc.org
MIX
Papier aus verantwortungsvollen Quellen
FSC® C083411

Originalausgabe Oktober 2018
© 2018 Droemer Verlag
Ein Imprint der Verlagsgruppe
Droemer Knaur GmbH & Co. KG, München
Alle Rechte vorbehalten. Das Werk darf – auch teilweise – nur mit
Genehmigung des Verlags wiedergegeben werden.
Redaktion: Dr. Frauke Meyer-Gosau
Covergestaltung: Sabine Kwauka
Coverabbildung: Jeffrey Thompson / Alamy,
white snow / shutterstock, detchana wangkheeree / shutterstock
Satz: Adobe InDesign im Verlag
Druck und Bindung: CPI books GmbH, Leck
ISBN 978-3-426-28190-1

2 4 5 3 1

Für J. und I.

INHALTSVERZEICHNIS

STELLA

Im vorletzten Stockwerk eines Hauses, das beinahe hundertundzwanzig Jahre alt war, saß ein Kind, das beinahe acht Jahre alt war, auf dem Küchenfußboden. Es hatte die Beine hochgezogen, hielt sie mit den Armen umschlungen, hatte das Kinn auf die Knie gelegt und schaute in die helle Höhle des Backofens, in der aus einem lang gestreckten Teigklops mit dünnen Streifen aus schwarzen Punkten ein Mohnstollen werden sollte.

»Kim«, hatte die Mutter vorhin zu dem Kind gesagt, während sie eilig den Mantel überzog, um zum Elternabend in die Schule zu gehen, »wenn die Kruste gerade so dunkel ist, wie, hm, let's say, wie diese Kekse: Russisch Brot, genau, und wenn an der Backnadel hier kein Mohnkörnchen mehr hängenbleibt, dann drehst du den Ofen aus, nimmst die beiden dicken Topfhandschuhe und stellst das Blech oben auf den Herd, und dann …«

Als ob ihr die Sache mit der Backnadel, der Russisch-Brot-Kruste, an deren vielen »R«s ihre englische Zunge eben fast gescheitert war, dann noch mit den viel zu großen Topfhandschuhen und dem heißen Blech auf dem Herd auf einmal selbst ein bisschen kompliziert, um nicht zu sagen: brenzlig vorgekommen wäre, hatte sie mitten im Mantelzuknöpfen innegehalten, Kim zweifelnd angesehen und gefragt: »Schaffst du das?«

Kim hatte genickt. »Klar.« Auf »Schaffst du das?« gab es nun mal keine andere Antwort. Außerdem ging's ja auch gar nicht anders, oder? Die Mutter musste zum Elternabend, der Vater hatte vorhin angerufen und gesagt, dass er schon seit einer Weile im Stau stand und sich daran aller Voraussicht nach erst einmal nichts ändern würde, es sei denn, er würde über die Autodächer nach Hause zurücklaufen, aber dafür sei es ihm zu kalt. Und Sari, Kims Bruder, hatte mit Stollen so wenig am Hut, dass er jegliche Zusammenarbeit schon im Vorfeld verweigert hatte. »Mohn, Rosinen und Mandeln, alles, was ich nicht mag, in einem Kuchen! Wer hat den bloß erfunden?«, hatte er gleich erklärt, als die Mutter über den Engpass zwischen Backofen, Elternabend und Stau zu sprechen begonnen und ihm dabei intensiv in die Augen gesehen hatte. Aber Sari war mit deutlichen Worten, was er von Stollen im Allgemeinen und von Mohnstollen im Besonderen hielt, abgezogen: Hausaufgaben machen mit Malte – sagte er jedenfalls …

»Na gut«, hatte die Mutter gemeint, die auf die Schnelle keinen anderen Ausweg sah, »und dann kannst du aus der Schale hier schon mal ein bisschen Puderzuckerguss auf den Stollen streichen, solange er noch warm ist – damit alles schön einzieht.« Sie hatte sich die Haare aus ihrem vom Backen erhitzten Gesicht geschoben, sich neben Kim hingehockt und ihr einen Kuss auf die Nasenspitze gegeben. »Pretty cold«, hatte sie gesagt und war davongeeilt.

Nun war die Mutter schon eine Weile weg, und der Stollen oder vielmehr das, was einmal ein Stollen werden sollte, bekam gerade eine helle Kruste, die Kims Einschätzung nach noch ziemlich weit von Russischbrotbraun entfernt war, und legte sich auf dem Blech gerade eine neue Form zu: etwas schmaler, dafür höher und fester. Die schwarzen Mohnstreifen begannen schon, eine schöne Schneckenlinie zu ergeben. Kims Augen hingen an den winzigen Bläschen, die die Hitze des Ofens aus dem Teig trieb und gleich wieder vergehen ließ.

Dass das kleine Radio oben auf dem Kühlschrank, aus dem vorhin der Stau gemeldet worden war, in dem der Vater mit seinem Kombi feststeckte, noch weiter und weiter lief mit seinem Hin und Her von Musik und Stimme und Stimme und Musik, nahm Kim kaum wahr. Was vielleicht daran lag, dass diese seltsamen Tonfolgen, die nirgendwo anzufangen und nirgendwo hinzuführen schienen, im Halbdunkel der Küche versickerten, bevor sie sich in Kims Ohren zu einer Melodie zusammensetzen konnten. Und selbst die Stimme, die dann und wann einige Sätze dazwischen sprach, war so eintönig, als hätte sie längst jede Hoffnung aufgegeben, gehört zu werden. Weil aber auch Kim auf den guten, alten, rissigen Dielen des Küchenfußbodens einfach nur ihren Gedanken nachhing, die selbst so unbestimmt waren, dass man sie vielleicht noch nicht mal Gedanken nennen konnte, ergab dies alles zusammen ein von der Backröhre her wohlig duftendes Nichts – bis auf einmal diese fade Radio-Stimme sich doch in Kims Ohren schlängelte. Was hatte sie gerade gesagt? »Weihnachtsstern?« Ihr Stern? Der, unter dem sie geboren worden war? Der, der durch ihr Leben funkelte, schon solange sie denken konnte?

Schnell war Kim auf den Beinen, drehte das Radio lauter und blieb nah davor stehen, um kein Wort mehr zu verpassen. Dass die drei Könige, die dem Stern gefolgt waren, keine normalen Könige gewesen waren, mit Krone, Zepter und Thron, sondern Gelehrte, die den Himmel erforscht hatten, das hatte sie schon gewusst. Aber jetzt hieß es, dass sie gerechnet hätten und wieder gerechnet und noch mal nachgerechnet, aber am Ende dieser Stern, der ihnen dort am Himmel erschien, sich aus keiner ihrer Rechnungen ergeben hatte: Es konnte ihn gar nicht geben. Und darin hätten sie recht gehabt, sagte die Stimme, denn tatsächlich sei es ja gar kein Stern gewesen. Aber da wären die drei Weisen mit ihrer Weisheit eben auch am Ende gewesen.

Kim war nahe daran, dem Radio einen Vogel zu zeigen: Kein Stern? Was denn sonst? Dass man sich immerzu verrechnen konnte, hielt Kim für sehr gut möglich, ja, für wahrscheinlich, aber dass der Weihnachtsstern kein Stern gewesen sein sollte, das war genauso unmöglich, wie dass den Weisen aus dem Morgenland ihre Weisheit ausgegangen war, nur weil irgendetwas mit den Berechnungen nicht stimmte.

Vieles spreche dafür, fuhr die Stimme fort, dass der Weihnachtsstern gar kein Stern, sondern ein Komet gewesen sei. Und ein Komet, das ist, wie den Hörern sicherlich wohlbekannt sei, ein Himmelskörper aus gefrorenem Gas und Staub. Unter Sonneneinstrahlung taue er auf und bilde einen langen Schweif. Und genau so etwas hätten die Heiligen Drei Könige damals gesehen: hell beleuchteten Staub und aufgetautes Gas.

Kim lauschte der Stimme, die nicht anders klang, als würde sie, wie gerade eben noch, die Staumeldungen verlesen, mit ungläubigem Entsetzen. Ihr Weihnachtsstern – nichts als Staub und Gas?

Die Stimme war noch nicht fertig. Dieser Komet werde wiederkommen, sagte sie, und zwar im Jahr 2061. Kim begann nachzurechnen. Das waren nicht nur ein paar Jahre, das waren Jahrzehnte, viele Jahrzehnte. Nicht im Ernst! Und jetzt hatte sie in all ihrer eigenen Rechnerei auch noch die letzten Sätze der Sendung verpasst. »Eine schöne Adventszeit wünscht Ihnen Ihr Team von *Wissenschaft am Nachmittag*«, war alles, was sie noch erwischte.

Kim stand in der dämmrigen Küche und war

so damit beschäftigt, über das, was sie gerade gehört hatte, nachzudenken, dass sie weder darauf kam, den Lichtschalter an-, noch den Radioschalter auszudrehen. Allein das Backofenfenster war hell erleuchtet und strahlte friedliche Wärme ab. So setzte sie sich wieder davor und starrte auf den Stollen, der weiter lustig Blasen schlug – als sei nichts geschehen. Als sei nicht gerade ein Stern vom Himmel geholt worden. Im Radio ließen sie jetzt jubelnde Geigen erklingen, weil das so gut in die schöne Adventszeit passte, die eben allen Hörern von *Wissenschaft am Nachmittag* gewünscht worden war, und weil keiner dort wusste, dass da jetzt ein Kind in der Küche hockte und die Welt nicht mehr verstand. Denn in seine Welt gehörte der Weihnachtsstern wie Sonne und Mond, wie Wind, Regen und Schnee. Man konnte ihn vielleicht nicht immer von überallher sehen, aber das hieß schließlich nicht, dass er nicht da war oder nie da gewesen war oder erst in zig Jahren wiederkehren würde oder am Ende gar kein Stern war. Ja, beim Sender spielten sie fröhlich ihre Jubelmusik weiter, weil dort keiner sehen konnte, dass dieses Kind jetzt ganz langsam wieder aufstand, das Radio ausdrehte, mechanisch zwei dicke Backhandschuhe überzog, einen Mohnstollen aus dem Ofen holte und ihm dabei die Tränen übers Gesicht liefen. Direkt in die zartbraune Kruste hinein, wo eigentlich der Puderzuckerguss einsickern sollte.

Manchmal, wenn Räume so mitteldunkel sind und es um einen herum ganz still wird, dann ist es, als stünde auch die Zeit still. So war es jetzt in der Küche. Kim sah unglücklich vor sich hin, und in all diesem Vorsichhinsehen und Unglücklichsein schienen auch die Zeiger der Uhr jedes Interesse am Weitergehen verloren zu haben. Eine kleine Ewigkeit hatte Kim dagestanden mit nichts als dieser eigenartigen Leere in sich und um sich herum, und vielleicht wäre aus der kleinen Ewigkeit am Ende noch eine große geworden, wenn es nicht an der Tür geläutet hätte. Bei diesem ungeduldigen Klingeln in die dämmrige Stille hinein zuckte Kim zusammen, und auch die Zeit stolperte in ihren normalen Lauf zurück. Nachdem sich Kim einmal kräftig über die Augen gewischt hatte, öffnete sie die Tür. Zwei Pakete für die Familie Goldschmidt und eines für die Nachbarn. Ein riesiges.

»Kannst du das wohl auch annehmen?«, fragte der Paketbote, noch immer schnaufend. Wer drei Pakete auf einmal in den dritten Stock balancierte, dem konnte schon mal die Puste ausgehen. Und es waren ja nicht die ersten Treppen, die der gute Mann heute zu bewältigen gehabt hatte. Kim nickte und hievte das Paket in die Flurecke. Ganz schön schwer.

»Na, da können deine Eltern ja mächtig stolz sein, dass sic so ein kräftiges Bürschchen haben«, meinte der Paketbote.

Irgendwie sagen heute alle etwas Falsches, dachte Kim. Der Mann wollte nett sein, keine Frage, denn er war dankbar dafür, dass er das Monsterpaket nicht zurück in den Transporter schleppen musste. Er hatte auf das Kind im dunkelblauen Rollkragenpullover geschaut, die durchgewetzten Stellen der Hose auf Kniehöhe bemerkt, hatte das Stirnband in den dunklen Locken gesehen, so wie es manche Fußballer trugen, hatte insgesamt nicht das kleinste Fitzelchen Rosarot entdeckt – und schon war es für ihn ein kleiner Junge gewesen, der ihm da die Wohnungstür geöffnet hatte. Kim zuckte mit den Schultern. Sollte sie ihm jetzt wirklich mitteilen, dass sie ein Mädchen war? Dann lachten die Leute immer so verlegen und fingen an, etwas von langen und von kurzen Haaren zu erzählen und von »heutzutage« und von »zu meiner Zeit«, und dass man sich ja gar nicht mehr auskenne, und das wollte sie jetzt eigentlich alles nicht hören. Sie trug die Sachen ihres Bruders auf, und sie machte das gern. Ausgewaschen und ausgeleiert war einfach gemütlich. Sie spielte Fußball, und sie machte das gut. Dribbeln war wie Waldmeisterbrausepulver in den Beinen haben. Wenn sie morgens neben Sari im Badezimmer ihre Zähne putzte, sahen sie beide im Spiegel über dem Waschbecken tatsächlich aus wie großer Bruder und kleiner Bruder. Sie mochte das – weil es irgendwie lustig war. Eigentlich fand sie es einerlei, ob sie Bruder oder Schwester war – Hauptsache, ein Geschwister von Sari. Zu Hause war die Sache ja sowieso klar. In der Schule allerdings war das anders …

Als Kim vor gut drei Jahren in die 1. Klasse gekommen war, hatten wie von selbst die Jungs ihre schwarzen Schultaschen mit den Piratenschiffen immer neben die grauen Formel-1-Taschen der anderen Jungs gestellt, und die Mädchen hatten ohne Wimpernzucken ihre rosaroten Hello-Kitty-Taschen neben die rosalilasilbernen Lillifee-Taschen der anderen Mädchen geschoben. Dazwischen: Zwei Meter Abstand. Keiner hatte es angeordnet, keiner hatte es organisiert, aber genauso lief es vom ersten Tag an, ohne Ausnahme. Ohne Ausnahme?

Kim hatte eine Tasche, die wie ein Aquarium aussah, grün mit bunten Fischen. Ein ziemlich mitgenommenes Aquarium, denn Sari hatte sie auch schon gehabt, bis zur dritten Klasse, und Sari hatte sie von seinem besten Freund Malte geschenkt bekommen, der zwei Jahre älter war als er, und wer weiß, wo der sie schon herhatte. Fische gehörten nicht so eindeutig zu Jungs wie Autos oder Prinzessinnen zu Mädchen, und so stand Kims Tasche oft ganz einzeln und verloren zwischen der Jungs- und der Mädchenwelt. Als wüssten selbst die Fische auf ihrer Tasche nicht, in welche Richtung sie schwimmen sollten, schwammen einige nach rechts, andere nach links.

Max und Tinny gaben den Fischen mit ihren

Schuhspitzen manchmal einen Extra-Stoß, in die jeweils andere Richtung, versteht sich: Tinny stieß sie in Richtung Jungs und Max in Richtung Mädchen. Dann sah Kim die Fische lange an und ging in Gedanken zu ihnen – auf Tauchstation.

Tinny war nach den Herbstferien nach Frankfurt gezogen.

»Frankfurt an der Oder oder Frankfurt am Main?«, hatte der Vater gefragt, als Kim beim Abendessen die frohe Botschaft verkündet hatte. Kim zog Erkundigungen ein.

»Frankfurt am Main«, teilte sie am nächsten Tag mit.

»Sehr gut«, sagte der Vater, »das ist weiter weg, weit genug, Kim.«

Blieb noch Max. Naja, und blieben all die anderen. Die traten zwar nicht nach den Fischen, aber sie spielten auch nicht mit Kim. Die Jungs kamen zum Fußballkartentauschen, ließen sie aber nach einem meist stummen Handel stehen, um johlend den Ball in die Tore der Bolzecke auf dem Schulhof zu versenken. Vielleicht dachten sie, Kim könne das nicht, so dünn und scheu, wie sie immer dastand. Die Mädchen ließen Kim beim Fangen mitmachen, zum Tuscheln und Kichern aber zogen sie weiter. Vielleicht dachten sie, Kim wolle nicht dabei sein, so still und verschlossen, wie ihr Gesicht immer war.

Die meisten Kinder merkten gar nicht, was sie da machten, wenn sie Kim stehen ließen. Hätte man sie gefragt, warum Kim nicht mitten unter ihnen war, sondern immerzu nur zwischen ihnen, hätten sie wahrscheinlich gesagt, dass sie doch überhaupt nichts gegen Kim hatten – außer vielleicht, dass sie ein bisschen wenig redete. Dass Kim schlabbrige Rollkragenpullover lieber mochte als Pullis mit aufgestickten Pferden und Feen, hätte die Mädchen nicht wirklich gestört und die Jungs schon gar nicht. Dass Kim nicht gern rumrempelte und Ringkämpfe aufführte, hätte auch die Jungs wohl nicht wirklich gestört und die Mädchen schon gar nicht. Vielleicht waren die Jungs und Mädchen in Kims Klasse einfach zu ordentlich – nicht, was ihre Zimmer und Schreibtische anging, nein, das nun wirklich nicht, eher so im Hinblick auf Jungstaschen links, Mädchentaschen rechts, Fußballschuhe an Jungsfüße, Ballettschuhe an Mädchenfüße, Blümchenspangen in Mädchenhaar, Stirnbänder in Jungshaar. Und wenn sich die Welt so hübsch aufräumen lässt, gewöhnt man sich daran, und dann stört auf einmal einfach alles, bei dem man nicht gleich weiß, wohin damit.

So gesehen, war schon allein Kims Name ziemlich unordentlich: Es gab berühmte Leute, die Kim mit Vornamen hießen, Männer und Frauen: eine deutsche Fußballspielerin, aber auch einen finnischen Rennfahrer, eine amerikanische Schauspielerin und eine englische Sängerin, aber auch einen schwedischen Handballspieler und einen englischen Spion – und Kimberly Stella Goldschmidt, die jetzt gerade die Tür hinter dem Postboten schloss und sich in der einsamen Wohnung mit dem Stau-Vater, der Elternabend-Mutter und dem Hausaufgaben-Bruder, vielmehr ohne diese drei, ziemlich verlassen fühlte. Sie war zwar nicht berühmt, doch hatte ihre Geburt unter einem ganz besonderen Stern gestanden, unter keinem anderen nämlich als dem der ersten Weihnacht. Ja, Kim war an einem 24. Dezember geboren worden – gerade als es dunkel genug geworden war für den Auftritt der Sterne.

Genau in dem Monat, in dem ihre irische Urgroßmutter in Dublin gestorben war (vier Tage nach ihrem 101. Geburtstag!), hatte Kims Mutter zum ersten Mal gespürt, dass sie wieder ein Baby bekommen würde. Von Anfang an war für sie sonnenklar gewesen, dass es ein Mädchen werden und Kimberly heißen würde – nach seiner Urgroßmutter. Und dann hatte sich die kleine Kimberly ausgerechnet den 24. Dezember zum Geborenwerden ausgesucht. Also hatte es gleich noch einen zweiten Namen gegeben: Stella.

»A star is born«, hatte ihre Mutter gesagt, als man ihr den neugeborenen Winzling in den Arm legte. Sie war noch ein bisschen mitgenommen gewesen von der Geburt, aber sie war sich vollkommen im Klaren darüber, dass dies der späte Nachmittag des 24. Dezember war, denn schließlich hatten nicht weniger als drei Hebammen und zwei Ärzte sie daran erinnert: »Och«, hatten sie alle gesagt, »dann gibt's ja nur einmal im Jahr Geschenke. Hätten Sie denn nicht noch einen Tag warten können?«

Das sagten sie natürlich im Scherz, aber Marylou Goldschmidt war gerade nicht so zum Lachen gewesen, und zwischen den Wehen dachte sie immer nur: »Was haben die denn bloß? Etwas Besseres lässt sich doch wohl gar nicht vorstellen, als ausgerechnet an Heiligabend Geburtstag zu haben. Wie das Christkind höchstpersönlich. Der ganze Tag glänzt und funkelt von morgens bis abends, der halbe Erdkreis feiert, und selbst wenn man eines Tages schon seinen 90. oder seinen 101. Geburtstag hat, so ist das Wunder der Geburt und überhaupt die hochheilige Nacht mit ihren Königen, Hirten und Tieren, mit Stroh, Weihrauch und Myrrhe immer ganz nahe. Und ist nicht das allein schon ein Riesengeschenk, an das alle anderen normal verteilten Geschenke niemals herankommen können? Sie hatte den Kopf geschüttelt vor lauter Unverständnis über das Bedauern der Leute, dass sie jetzt ein Ein-Tag-Geschenke-Baby und nicht ein Zwei-Tage-Geschenke-Baby zur Welt bringen würde, und strengte sich an, damit es nicht doch noch der 25. Dezember würde. Der 25.? Da gab es doch in England die Geschenke! Sie kam aus dem Kopfschütteln gar nicht mehr heraus. Als sie merkte, dass das Kopfschütteln ganz gut gegen den Wehenschmerz half, schüttelte sie noch ein paarmal extra heftig den Kopf, bis das Baby auf einmal da war. Und noch bevor sie irgendetwas anderes sagte, sagte sie zu ihrem Mann: »Stella. Kimberly Stella. Schreib das auf.«

Weil man schlecht Kimberly »Stern« Goldschmidt sagen konnte und auch ihre englische Muttersprache in diesem Fall nicht wirklich nützlich war (denn Kimberley »Star« Goldschmidt ging ja noch weniger), hatte das Lateinische herhalten müssen. Dass Stella das lateinische Wort für Stern ist, gehörte zu den wenigen Dingen, die Marylou Goldschmidt aus ihrem Lateinunterricht behalten hatte. So war die Paukerei wenigstens nicht ganz umsonst gewesen – denn wie hätte sie es leichter und wie hätte sie es besser sagen können, dass sie nicht nur ihr Töchterchen, sondern auch deren Geburtstag, den 24. Dezember, als ein Himmelsgeschenk auffasste. Sehr zufrieden mit sich, ihrem neugeborenen Kind und dem diesjährigen Heiligabend, war sie in einen tiefen Schlaf gefallen.

Wenige Stunden später wurde Kimberly Stella Goldschmidt auf die drei Buchstaben »Kim« heruntergekürzt, denn ein Baby, das zehn Tage zu früh in die Welt fällt und so zarte Fingerchen hat, dass man sie kaum zu streicheln wagte, konnte nicht gleich einen derart langen Namen haben. Mit Sari war das ganz ähnlich gewesen. Der sollte nämlich am 20. Januar geboren werden, war aber schon am 6. Januar nicht mehr aufzuhalten gewesen. Weil sich zu diesem Zeitpunkt die Eltern Goldschmidt noch gar nicht auf einen Namen geeinigt hatten (sie schwankten zwischen Adrian und Zacharias), würfelten sie jetzt, am Dreikönigstag, einfach die Namen Melchior, Kaspar und Balthasar aus. Die Würfel fielen auf Balthasar. Aber auch das sagt man nicht zu einem Schnullerkind. So war aus Balthasar Sari geworden, und dabei war es auch geblieben.

Etwas eigenartig ging es schon zu bei diesen Goldschmidts. Was Namen, Geburtstage und Berufe anging, war bei ihnen alles so himmlisch-heilig. Dabei sah man sie nicht einmal sonntags in der Kirche, eher noch wochentags: den Vater, weil er dort arbeitete, und den Rest der Familie, weil sie dort ab und zu vorbeischaute, um sich das Ergebnis seiner Arbeit anzusehen.

Michael Goldschmidt war Restaurator und kümmerte sich um die alten Gemälde in den Kirchen. Die Künstler waren alle längst gestorben, und ihre Werke waren oft kaum mehr zu erkennen, aber er sorgte mit kleinen Hobeln, Hämmerchen und Tinkturen dafür, dass man sie wieder gut sehen konnte. Tatsächlich mussten die alten Kirchenkünstler damals allesamt schwindelfrei gewesen sein, denn am liebsten hatten sie ihre Kunst hoch oben, an Decken und Balustraden, gezeigt. Also musste jeder, der daran später etwas ausbessern wollte, ebenfalls auf hohen Gerüsten unter die Decke gehen. Wenn Kim ihren Vater in den Kirchen besuchte, die er gerade bearbeitete, dann passierte es immer wieder, dass Leute hereinkamen, sie ihre Augen an Kims Blick entlang nach oben gleiten ließen und dort Michael Goldschmidt mit einem Lämpchen am Helm auf zwei schmalen langen Brettern in der Kirchenkuppel herumturnen sahen. »Oh, mein Gott!«, riefen sie dann voller Ehrfurcht aus – weshalb für Kim, als sie noch sehr klein war, eine Zeit lang ihr Vater und der liebe Gott ein und derselbe gewesen waren.

Mit dem regelmäßigen Beten war es in der Familie Goldschmidt auch nichts – überhaupt war Regelmäßigkeit nicht gerade eine Goldschmidt'sche Spezialität. Aber manchmal, wenn sie alle miteinander an einem Seeufer saßen, die Füße ins Wasser hielten und die Libellen über dem Schilf hin- und herschwirren sahen oder wenn über ihnen die Wildgänse einen samtig graublaurosa Himmel entlangzogen mit ihrem sehnsüchtigen Rufen, dann konnte es vorkommen, dass Marylou Goldschmidt so etwas ausrief wie: »Jetzt seht euch das an! Wie schön ist diese Welt – von der größten Herrlichkeit ist sie, isn't it?« Das klang dann ganz so, als sei es aus der Bibel, obwohl es wahrscheinlich nicht so war, denn sie las ja gar nicht in der Bibel, weder in der deutschen noch in der englischen – jedenfalls nicht sonntags und keinesfalls regelmäßig. Andererseits standen bei den Goldschmidts nicht weniger als sieben dicke Bibeln im Regal. Aber die bunten Merkzettel darin zeigten nicht Psalmen an und Sonntagssprüche, sondern die Bilder der großen Meister, an denen Michael Goldschmidt manchmal seine Paletten überprüfte und die Farben neu mischte.

Was Kim und Sari anbelangte: ein Christkind und einen heiligen König, so konnte man wirklich nicht sagen, dass es bei ihnen immer so still und friedlich zuging wie damals im Stall. Von Anbetung konnte auch keine Rede sein, und doch gehörten die beiden zusammen wie Krippe und Weihrauch, wie Stern und Wanderstab, wie Heilige Nacht und Himmelskunde, wie Bethlehem und Babylon, wie 24. Dezember und 6. Januar – das eine nicht ohne das andere.

Dabei war Sari, als Kim am Heiligabend vor acht Jahren auf die Welt zu kommen begann, nicht besonders gut auf seine kleine Schwester zu sprechen gewesen. Denn da waren sie alle gerade so schön dabei gewesen, den Tannenbaum zu schmücken, und er hatte das Auspacken der Geschenke kaum noch erwarten können. Geschenke, die heute, endlich, auf geheimnisvollen Wegen zu ihm finden sollten. Und dann hatte er auf einmal mit seinem Vater in einem Krankenhausflur gesessen, wo jeder, der vorbeikam – und es kamen viele vorbei –, »Fröhliche Weihnachten« wünschte, aber wo von Geschenken für ihn weit und breit keine Spur gewesen war. Doch dann, als Kim da war und seinen ausgestreckten Zeigefinger umklammerte und gar nicht wieder loslassen wollte, war sein Zorn im Nu verflogen, und er legte ihr zum Zeichen brüderlicher Liebe seine alten Torwarthandschuhe in die Wiege: seinen Weihrauch. Diese Torwarthandschuhe nahm die kleine Kim statt Kuscheltier und Schnuller, bis sie von ihren ersten Milchzähnen fast vollständig zernagt und zerlutscht waren – als hätte sie schon damals gewusst, dass Sari ohne Fußballtraining für sie nur so etwas wie ein entfernter Verwandter bleiben würde. Er wurde aber ihr bester Freund. Sari übte mit ihr Laufen, indem er sie mit dem Fußball durch alle Zimmer scheuchte, er hob sorgfältig seine alten Fußballschuhe für sie auf, sie saß bei der Sportschau neben ihm und lernte das Jubeln an der richtigen Stelle. Sie war das erste Mädchen, das mit vier Jahren in den Verein aufgenommen wurde, in dem ihr Bruder schon einige Jahre lang spielte, und der überwachte jedes Training persönlich am Spielfeldrand, ausgerüstet mit Wasserflasche, Pflaster und Gummibärchentüte.

Inzwischen ging Sari in die sechste Klasse. Seine Zeugnisse waren so lala. Er liebte das Figurenschnitzen und das Fußballspielen entschieden mehr als das Hausaufgabenmachen. Die Lehrer sagten immer: »Der kann doch, wenn er will«, und die Eltern sagten dann: »Wenn er will, wird er's schon können«, und ließen ihn schnitzen und Fußball spielen, auch wenn alle anderen Kinder zum Lernen und Hausaufgabenmachen an die Schreibtische gerufen wurden, oft von ziemlich lauten und schlechtgelaunten Stimmen, musste man sagen. Die anderen Kinder maulten dann oft: »Aber Sari darf doch auch noch …« Das half ihnen nicht. Im Gegenteil. Die Stimmen wurden dann immer noch lauter und zorniger. Manche Eltern verstanden die Goldschmidts nicht und manche Lehrer ebenso wenig. Aber Sari verstand seine

Eltern. Wenn es darauf ankam, setzte er sich mit seinen Schulbüchern zwischen seine Schnitzmesser und Fußbälle, stemmte beide Fäuste gegen die Stirn, büffelte und grübelte, und dann schrieb er am Ende des Schuljahres doch noch eine 1 oder eine 2 und wurde in die nächste Klasse versetzt, obwohl keine Lehrerin und kein Lehrer mehr daran geglaubt hatte.

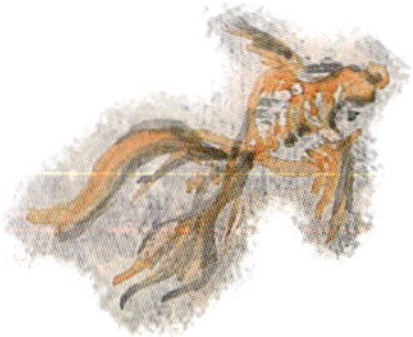

Aber nun, als Kim von der einsamen Küche ins Kinderzimmer gegangen war, das aber auch so merkwürdig halbdunkel und verlassen schien ohne Sari und ohne seine Schultasche, die immer mitten im Zimmer lag, meist offen, mit rausgerutschten Heften, und mit ihren zerschlissenen Riemen, um die sich immer die Kabel seiner Kopfhörer wickelten – die Kim jetzt sehr gern hätte entwirren wollen, weil eine solche Arbeit sie eigentlich immer tröstete – als das alles also nicht da war, musste sie ganz schnell versuchen, etwas anderes, etwas Schönes und Vertrautes, zu fassen zu bekommen.

Sie zog die gelbe Mappe raus. Ihre Weihnachtsstern-Mappe. Die wurde mit jedem Jahr dicker, denn da hinein wanderte alles, was in Zeitungen, auf Schmuckkarten, und, ja, auch in Büchern an Weihnachtssternartigem aufzuspüren und auszuschneiden war.

Kim war gerade vier Jahre alt geworden, als sie verstanden hatte, dass der Weihnachtsstern noch drei weitere Namen hatte, nämlich »Stern von Bethlehem«, »Dreikönigsstern« und »Stern der Weisen«. Sie wusste, es war ein großer leuchtender Stern mit einem schwungvollen Schweif im Halbbogen. Dieser Schweif war erst schmal, dann breiter und ganz hinten hatte er – meistens – vier Zacken. Da hatte sie angefangen, Bilder vom Weihnachtsstern zu sammeln. Mit fünf Jahren hatte sie gefragt, woher er damals gekommen sein mochte und wo er wohl abgeblieben war, nachdem er den Heiligen Drei Königen den Weg zur Krippe gewiesen hatte. Würde er wiederkommen, der Weihnachtsstern, *ihr* Weihnachtsstern, und wenn ja, wann?

Eine Zeitlang war Kim von dem Gedanken besessen gewesen, der Weihnachtsstern könne sich verborgen halten, weil es zu viele nachgemachte gab: gemalte, gedruckte, gebastelte, gebackene, geschnitzte und sogar gehäkelte. Man fand sie auf Weihnachtskarten, Servietten und Geschenkpapier und als Schaufensterdekoration. Außerdem blinkten und blitzten sie über Kaufhaus-Eingängen und auf den Glühweinbuden als Leuchtreklame in den dunklen Himmel. Wie sollte man da noch den richtigen, den echten, den einzig wirklich wahren herausfinden? Je mehr sie davon aus dem Verkehr zog, desto eher würde sie ihn am Himmel entdecken, hatte Kim sich überlegt, und so hatte ihr Sammelfieber angefangen: die Weihnachtssterne aus Stroh, aus Metallfäden und Brotteig, die auf Servietten und Geschenkpapier hatte Kim zusammen mit den Keksförmchen-, Lego- und Playmobil-Weihnachtssternen in einen Umzugskarton gelegt, der beim Auszug der Nachbarn leer vor deren Tür stehen geblieben war. Der war gerade richtig, es gab reichlich Platz darin. Karten, Zeitungsbilder und Gedichte vom Weihnachtsstern kamen nach wie vor in die große gelbe Mappe. Dort ganz obenauf lag jetzt ein Gedicht, das Sari im letzten Jahr im Deutschunterricht auswendig lernen musste. Kim hatte es aus seinem Schulbuch abgeschrieben, und es war nicht gerade leicht gewesen, die Zeilen genauso hinzubekommen, wie sie dort abgedruckt waren:

Hätt einer auch fast mehr Verstand
Als die drei Weisen aus dem Morgenland
Und ließe sich dünken, er wär wohl nie
Dem Sternlein nachgereist wie sie;
Dennoch, wenn nun das Weihnachtsfest
Seine Lichtlein wonniglich scheinen lässt,
Fällt auch auf sein verständig Gesicht,
Er mag es merken oder nicht,
Ein freundlicher Strahl
Des Wundersternes von dazumal.

Das hatte ein gewisser Herr Busch gedichtet. Ehrlich gesagt, begriff Kim das Gedicht nicht so richtig (Sari übrigens auch nicht), aber die Sache mit dem Lichtlein, das »wonniglich scheint«, und dem »freundlichen Strahl« und dem »Wunderstern«, die verstand Kim sehr gut, und so konnte man halbwegs darauf vertrauen, dass auch dieser Herr Busch das Wichtigste vom Weihnachtsstern begriffen hatte – jedenfalls mehr als die Leute im Radio vorhin.

Nachdem sie das Gedicht halblaut vor sich hin gelesen hatte und wieder einmal über das »dünken« und das »wonniglich« gestolpert war, blätterte Kim weiter, bis sie auf ihren ganz besonderen Schatz stieß: einen kleinen Stoß von Gemälden auf Hochglanzpapier. Mit der Bastelschere hatte Kim sie heimlich aus den dicken Bildbänden ihrer Eltern herausgeschnitten.

Als eines Tages ihr Vater eine dieser klaffenden Lücken entdeckt hatte, während er gerade nach Bildern eines ganz bestimmten Malers suchte, hatte es einen Riesenärger gegeben, eigentlich den riesigsten Riesenärger, den Kim bis dahin erlebt hatte. Denn im Grunde war Michael Goldschmidt ein sehr verträglicher Mensch, dem nicht so schnell der Kragen platzte. Diese Ruhe brauchte er schon von Berufs wegen, denn während seiner Arbeit in luftiger Höhe konnte er sich dort auch nicht wegen jeder Kleinigkeit gleich aufregen und wild herumfuchteln.

Aber nun war Michael Goldschmidt, der ja eigentlich nur rasch hatte nachsehen wollen, wie ein berühmter italienischer Künstler eigentlich das magische Blau eines Himmels in der Dämmerung hinbekommen hatte, außer sich. Gut, dass er nicht auf einem schmalen Balken in der Kirchenkuppel stand, sondern auf dem Fußboden des Goldschmidt'schen Wohnzimmers zusammengesunken war.

Mit einem entsetzten Aufschrei rief er seine Frau herbei, und beide zusammen schauten erst ungläubig, dann entsetzt auf die löchrigen

Blätter mit den schmalen Kanten, die beim Ausschneiden der Bilder stehen geblieben waren und nun wie Fahnen ohne Wind herunterhingen, wenn man die Seiten der Bücher umblätterte. Es waren sehr schöne, gerade Kanten, denn Kim hatte sich beim Ausschneiden viel Mühe gegeben und aufgepasst, dass die Schere nicht in die Schrift hineingeriet. *Die Magier aus dem Morgenland. Spätantikes Mosaik, Ravenna um 565* las der Vater mit vor Entsetzen heller Stimme, aber von diesen Magiern aus dem Morgenland war nun in dem Buch nichts mehr zu sehen. Weder von denen aus Ravenna noch von denen aus Padua, die jener Giotto gemalt hatte, nach dem der Vater eigentlich gesucht hatte, und die er gleich darauf fand beziehungsweise nicht mehr fand: »Anbetung der Magier!«, rief er mit fassungslosem Blick auf die schmale Papierkante, die verriet, was auf Seite 365 eigentlich abgebildet sein sollte, aber nicht mehr abgebildet war, weil diese Abbildungen sich jetzt eben in Kims Weihnachtssternmappe befanden.

Kim kannte diese Bilder in- und auswendig: Die Magier aus dem Morgenland waren keine anderen als die Heiligen Drei Könige, die mit wehenden Umhängen und roten Zipfelmützen eilig der Krippe entgegenliefen, und die »Anbetung der Magier«, das war dieses Bild mit den zwei Kamelen, die besonders hübsche Ohren hatten, und einer Maria, die ihrer Großmutter auf dem alten Foto, das im Flur hing, so ähnlich sah.

Ganz eng im Hals war es Kim geworden. Dort, wo sich sonst Worte formen ließen wie: »Es tut mir leid« oder »Entschuldigung«, hatte sich ein Schluchzen eingenistet, das nicht wagte, laut zu werden, und das ihr fast den Atem nahm, während die Eltern immer mehr zerschnittene Bildbände aus dem Regal zogen und dabei kleine jammernde Rufe ausstießen: »Oh nein!« und »Schau mal, hier auch!« und »Das gibt's doch nicht!« und »I can't believe it!«.

Sari hatte sich das Schauspiel nicht nehmen lassen, lehnte am Türrahmen und sah teils mitleidig, teils neugierig in den Raum hinein.

»Ich habe dir doch gleich gesagt, das geht nicht gut«, flüsterte er Kim zu. Zu den Eltern gewandt, sagte er laut: »Ich habe auch welche ausgeschnitten.« Die nickten nur, wohl wissend, dass er nicht das Geringste damit zu tun hatte. Kim hatte jetzt nicht nur den Mund fest geschlossen, sondern auch ihre Augen und dachte an die schönen Bilder in der Mappe und dass es nicht unrecht gewesen sein konnte, sie dorthin zu bringen – nicht um die Eltern zu ärgern, sondern um alle nachgemachten Weihnachtssterne dort zu versammeln, wo sie hingehörten: in ihre Mappe. Weihnachtsstern zu Weihnachtsstern. Wie war ihnen das nur zu erklären?

Es hatte damals einen langen, lautstarken Vortrag darüber gegeben, dass sie keinesfalls, KEINESFALLS, mit der Schere JEMALS an die Bücher gehen dürfe. Kim solle sich jedenfalls, JEDENFALLS KEINESFALLS noch einmal ÜBERHAUPT mit der Schere der Regalwand nähern. Aber dann war dieser Sturm vorübergezogen, und ein paar Tage später war der Vater mit einem kleinen Stapel Bildunterschriften, die nun er selbst sorgfältig aus den Büchern herausgeschnitten hatte, zu Kim gekommen, um sie mit ihrer Hilfe unter die Bilder, zu denen sie gehörten, zu kleben. So hatten sämtliche Magier, Marias und Christkinder, die vor, unter oder neben einem Weihnachtsstern zu sehen waren, ihre Namen, Orte und Jahreszahlen ordnungsgemäß zurückerstattet bekommen.

»Wenigstens habe ich sie mir jetzt einmal ganz genau angesehen«, hatte der Vater damals gesagt und nur noch leise geseufzt. »Übrigens, dieses Blau bei Giotto ist tatsächlich sehr besonders. Gemahlenes Lapislazuli und dazu irgendwelche Harze, aber welche nur? Lass mich nochmal eben sehen …«

Ihre Mutter hatte eine lange Tintenfeder zur Hand genommen und sorgfältig in alle Bücher, die Kim bearbeitet hatte, vorne hineingeschrieben: »Achtung Scherenschnitt! Bilder mit Weihnachtsstern bitte bei Kim ansehen (gelbe Mappe)«. Dabei fing sie zu lächeln an, und irgendwann konnte sie nicht mehr an sich halten und brach in ein lautes Lachen aus, in das alle Goldschmidts voller Erleichterung einstimmten. Dann bekam Kim ihre Mappe zurück, aber nicht, bevor Marylou Goldschmidt, an deren Feder noch ein wenig mitternachtsblaue Tinte übrig war, mit schönem Schwung einen großen Stern auf die Vorderseite gemalt hatte. Und weil sie eine geübte Hand hatte, war es ein Prachtexemplar geworden.

Kims Mutter konnte nicht nur prächtige Weihnachtssterne malen, sie war auch sehr gut in Blumenranken, geometrischen Mustern und Figuren aller Art. Sie war Porzellanmalerin. Und zwar nicht so nebenbei, wenn sie gerade mal Zeit und Lust zum Basteln hatte, sondern von morgens bis nachmittags, und manchmal sogar samstags und sonntags, vor allem vor Weihnachten. Es war ihr Beruf. Sie war angestellt in einer großen alten Porzellan-Firma, die ihr am Ende jedes Monats ein festes Gehalt dafür zahlte, dass sie weißes Geschirr in kleine Kunstwerke verwandelte. Kurz nachdem Sari geboren worden war, hatten Marylou und Michael Goldschmidt die Kammer in der Wohnung, in der bis dahin ein Wäscheständer, eine alte Matratze, ein Staubsauger, vier Kisten mit Marmeladengläsern, zwei Schlauchboote, drei Paar Ski und etliche Koffer und Rucksäcke lagerten, in einen sehr hübschen kleinen Arbeitsraum umgebaut. Dann hatte Marylou ihren Chef auf eine Tasse Kaffee eingeladen und gesagt: »Entweder arbeite ich jetzt hier für Sie oder gar nicht.«

Und der Chef hatte genau drei Schlucke Kaffee und zwei lange Blicke gebraucht: erst einen auf Marylous Entwürfe, die unübersehbar, auch unübersehbar phantastisch, an der Kammer-Wand hingen, und dann einen auf den in der

Wiege schlummernden Sari, bis er sagte: »Dann in Gottes Namen hier.«

Seitdem malte Marylou Goldschmidt in der Kammer. Dort erfand sie neue Muster und probierte sie aus. Die Muster zeichnete sie, bevor sie aufs Porzellan kamen, auf große feste Bögen, die sie dann in verschiedenfarbige Mappen legte, geordnet nach Jahreszeiten und Anlässen. Die Weihnachtsmappe war bei Weitem die dickste. Eines Abends war Kim zu ihr in die Kammer gekommen und hatte um eine dieser bunten Pappmappen gebeten. Die Mutter hatte gefragt:

»Wofür möchtest du sie haben?«

»Für die Weihnachtssterne«, hatte Kim geantwortet. Und weil Marylou Goldschmidt der Sammeleifer ihrer Tochter nicht entgangen war, hatte sie eine neue Mappe mit extra breitem Rücken ausgesucht, auf Zuwachs sozusagen.

Inzwischen hatte sie Eselsohren an allen acht dafür zur Verfügung stehenden Ecken, und auch ansonsten gab es allerhand Knicke und Flecke, aber der Stern in der Mitte, gemalt mit der Porzellanmalerinnenfeder, der seit der Geschichte mit dem Scherenschnitt darauf prangte – der war so schön und tröstlich wie immer: ein Schlüssel zur blaugoldsilbernen Himmelswelt von Heimlichkeit und Herrlichkeit.

Auch jetzt tat er verlässlich seine Wirkung. Als Kim all die Bilder betrachtete, die sie so gut kannte und auf denen sie dennoch immer wieder Neues entdeckte, zum Beispiel ein rotes Band um den Hals eines Esels oder ein Perlenmuster auf dem Weihrauchgefäß des Königs Melchior, verschwand die Radiostimme mit dem, was sie dahergeredet hatte, aus ihrem Kopf und machte Platz für diesen sternstrahlenden Zauber, der alles verwandeln konnte, einfach alles: Dunkel in Licht, Tränen in Lachen und eine Radiomeldung in Sätze von Leuten, die nicht wussten, worüber sie sprachen. Nach einer Weile stand Kim auf, ging in die Küche und strich Puderzuckerguss auf den Mohnstollen.

Wenn da doch noch ein klitzekleiner Zweifel, eine winzige nagende Unruhe geblieben wäre, was den Weihnachtsstern als Stern anging – sie wären in den nun folgenden Abendstunden bei der Familie Goldschmidt in sich zusammengefallen:

Erst kam Sari nach Hause. Er pfefferte seine Schultasche in die Mitte des Zimmers und zeigte Kim zwei kunstvoll geschnitzte Rentiere, mit Zaumzeug und Sattel. Die mussten nur noch angemalt werden. Das war sicher besser, viel besser gewesen, als zusammen mit Malte den größten gemeinsamen Teiler und das kleinste gemeinsame Vielfache zu bestimmen. Ein Problem, das er morgen früh in der Pause vor der Mathestunde würde lösen müssen.

»Hab' ich einen Hunger«, sagte Sari, öffnete den Kühlschrank, holte alles heraus, was einem Zwölfjährigen schmecken konnte, und schmierte sich eine Stulle nach der anderen. Kim sah ihm fasziniert dabei zu und zweigte zwischendurch eine Scheibe für sich ab.

Kurz darauf kamen Michael und Marylou Goldschmidt gleichzeitig nach Hause und wetteiferten schon auf der Treppe lautstark und fröhlich, was schlimmer gewesen sei: der Stau oder der Elternabend. Beides zu lang, beides zu langweilig. »Du konntest wenigstens Radio hören«, sagte Marylou zu ihrem Mann. »Lucky you!«

»Radio ist auch nicht mehr das, was es mal war«, antwortete Michael Goldschmidt. »Da war die Elternsprecherwahl bestimmt interessanter.«

Seine Frau verdrehte die Augen, nahm Sari ein Käsebrot aus der Hand und biss herzhaft hinein.

»Stimmt eigentlich alles, was die im Radio sagen; ich meine, muss es stimmen? Darf es sonst nicht gesendet werden?«, fragte Kim.

»Ach, die im Radio irren sich bestimmt genauso oft wie alle anderen Menschen in der Welt«, sagte ihr Vater und schnitt ein paar dicke Scheiben vom frischgebackenen Stollen ab. Mit vollem Mund, um den herum sich der Zuckerguss wie ein dicker weißer Bart geklebt hatte, fügte er hinzu:

»Was sie aber ruhig im Radio melden könnten, ist, dass dies der beste Mohnstollen ist, der je gebacken wurde. Denn das stimmt auf alle Fälle.«

Er hielt Sari ein Stückchen hin. »Koste doch mal«, sagte er und lachte, weil er schon wusste, was jetzt kommen würde: Ein filmreifes Grunzen und Würgen, das nicht den geringsten Zweifel daran aufkommen lassen konnte, dass er keinen Bissen davon herunterbringen könnte, ohne dass er … Nun ja …

Kim wurde ganz warm und sanft ums Herz. Alles war genau so, wie es sein sollte, zu Beginn der Weihnachtszeit: Die Küche duftete, und man konnte die Mohnkügelchen mit einem kleinen Knacksen zwischen Zunge und Gaumen zerdrücken und ihren bittersüßen Geschmack genießen. Sari schnitzte Krippentiere und schimpfte auf den Stollen, die Eltern ließen sich von Stau und Elternabend die Laune nicht verderben, und der Weihnachtsstern war der Weihnachtsstern – denn im Radio hatten sie sich ganz bestimmt geirrt.

STERNENSTAUB

Es war der 23. Dezember. Erster Tag der Weihnachtsferien. Kein Schnee, keine Sonne, nur ein trüber, tropfnasser Himmel, soweit das Auge reichte. Kim hatte zwei Dinge, auf die sie sich freuen konnte: Heiligabend und ihren Geburtstag – wer konnte schon so etwas von sich sagen? Und doch war es, als hätten bislang weder die Weihnachtsfreude noch die Geburtstagsfreude den Weg zu ihr gefunden. Als hätten sie sich verirrt, als wären sie unterwegs steckengeblieben. Vielleicht hatten sie einfach einen Tritt abbekommen, zusammen mit Kims Schultasche, die gestern wieder einmal von Max' linker Schuhspitze aus fast über den ganzen Flur, noch weit über die Taschen der Mädchen hinaus bis an die Heizungsrohre geschlittert war. Und dann war da in den letzten Tagen auch noch diese Radiostimme wieder aufgetaucht, die Erinnerung an das, was sie erzählt hatte. Als hätten ihre Ohren gegen ihren Willen alles ganz genau abgespeichert. Und es stiegen bohrende Zweifel in ihr auf, Zweifel daran, dass *Wissenschaft am*

Nachmittag sich geirrt hatte. Wenn es nun den Weihnachtsstern doch gar nicht gäbe oder nur als diesen Kometen? Dann wäre sie nicht unter einem guten Stern geboren, sondern unter einer halbgefrorenen Staubgaskugel. Einer kalten, womöglich giftigen Matschepampe!

Sari war wieder einmal bei Malte. Er hatte ein paar große Stücke Lindenholz und mindestens zehn verschiedene Schnitzmesser eingepackt. In der Krippentiersammlung, mit der er seine Eltern überraschen wollte, fehlten noch die Schafe und Hunde.

»Rechnet nicht vor acht mit mir«, hatte er gesagt und war, noch bevor irgendjemand etwas antworten oder fragen konnte, aus der Haustür geschlüpft.

Der Vater war kurze Zeit später aufgebrochen, um eine Kirchenbaustelle zu sichern, damit beim Gottesdienst an Heiligabend kein Mörtel auf die Gemeinde herabrieselte, und die Mutter saß schon seit dem frühen Morgen in ihrer Kammer, um zwölf Porzellan-Engel zu bemalen, die zum Krippenspiel im Schaufenster ihrer Firma gehörten, an dem die Leute sich beim Weihnachtseinkauf die Nasen platt drückten.

Vor einigen Tagen hatte sich ein Lehrling, der die Glühbirnen im Schaufenster wechseln sollte, in den Fäden verheddert, an denen die Porzellan-Engel aufgehängt waren, und sie zu Fall gebracht. Alle zwölf.

Noch ganz schreckensbleich hatte der arme Junge Marylou Goldschmidt einen Karton mit zwölf neuen Engelsfiguren gebracht und dazu die Kiste mit den Scherben – warum, wusste er eigentlich selbst nicht. Vielleicht als Vorlage fürs Anpinseln, denn alles sollte ja genauso sein wie zuvor.

»Oh je«, hatte Marylou gesagt und dann, mit einem kurzen Blick auf den todunglücklichen Lehrling, rasch hinterhergeschickt:

»No problem. Übermorgen sind sie fertig, dann ist Heiligabend wieder alles in Ordnung. Was hängt denn da jetzt? Nothing?«

»Doch«, hatte der Lehrling geantwortet: »Der Chef hat die Vögel und Hasen aus der Osterkollektion aufgehängt.« Da fing Marylou an zu lachen, und der Lehrling konnte gar nicht anders und stimmte mit ein. Tatsächlich war ihr Lachen sehr ansteckend, und glücklicherweise wusste sie auch genau, wann ein herzhaftes Lachen guttat. Manchmal musste man kräftig den Kopf schütteln, manchmal musste man kräftig lachen. Das waren schon mal zwei Fähigkeiten, die das Leben sehr viel leichter machen konnten. Als der Lehrling ging, hatte er wieder deutlich mehr Farbe im Gesicht gehabt, und man hörte ihn die Treppe herunterspringen wie einen, dem mehr abgenommen war als zwei Kartons mit Porzellan.

Aber jetzt hörte Kim die Mutter seufzen. Marylou Goldschmidt sah auf, rieb erst ihre vom Lampenlicht müden Augen und dann ihren vom langen Sitzen müden Rücken und sagte zu Kim: »Sternchen, kannst du mir einen Gefallen tun?«

Kim nickte. Sie wusste, was jetzt kam: ein Gang zu Künstlerbedarf Sanftleben, zwei Straßenecken weiter nach rechts.

»Ich brauche diese Farbe: Perlmutt, genau diese. Könntest du schnell zu Herrn Sanftleben laufen und ihn fragen, ob er sie hat? Dann mache ich schon mal mit den Flügelspitzen weiter. Gold habe ich hier noch more than enough, für mindestens zehn Jahre Weihnachten …«

Kim nahm das leere Döschen und den Geldschein, den die Mutter ihr reichte, zog Schuhe und Jacke an und zuckelte los. Es regnete schon seit dem frühen Morgen immer wieder in heftigen Schauern, und nun wurde auch der Wind immer stärker. Kim musste sich, besonders an den beiden Straßenecken, mit aller Kraft dagegenstemmen. Dann sah sie schon den großen, mit einer Drahtkette befestigten Pinsel, auf dem

»Sanftleben« geschrieben stand. Auch der knarzte und schlug, so weit die Kette ihn ließ, im Wind hin und her. Schnell huschte Kim in den Laden und streifte sich die Kapuze vom Kopf. Herr Sanftleben saß hinter dem Kassentisch und war dabei, eine lange Liste in den Computer einzutippen. Eine Musik, die seltsam schön und traurig zugleich war, erklang im Laden. Sie passte nicht nur gut zu Herrn Sanftleben, sondern auch zu Kims Stimmung. So gut, dass sie eine Zeitlang nur dastand, lauschte und darüber vergaß, dass sie hier in einem Laden stand und Farbe kaufen sollte. Herr Sanftleben jedenfalls hatte ihr schon zweimal Guten Tag gesagt, bevor sie seinen Gruß erwiderte.

Seitdem er ganz in ihrer Nähe seinen Laden eröffnet hatte, war Herr Sanftleben ein Freund der Familie Goldschmidt geworden. Er nahm Pakete für sie entgegen, bewahrte ihren Ersatzschlüssel auf, diente als Zwischenstation für schwere Einkaufstüten und plauderte mit Kim und Sari, wenn ihre Eltern versuchten, am Samstagmorgen in Windeseile den gesamten Wochenendeinkauf zu erledigen, während eigentlich noch dringend die Schnörkelschrift in einer alten Dorfkirche vor den Toren der Stadt erneuert oder eine Sammeltasse für die Porzellan-Ausstellung fertiggestellt werden musste.

Die Goldschmidts konnten sich ihr Viertel ohne »Künstlerbedarf Sanftleben« gar nicht mehr vorstellen.

Bevor Paul Sanftleben mit seinen Pinseln, Farben, Stiften, Leinwänden, Kunstbüchern und Japanpapierrollen in das große Ladenlokal eingezogen war, hatte es dort erst einen Trödelladen, einen Getränkehandel, einen Wasserfilterladen, einen Elektrogeräteverkauf, und ein Handygeschäft gegeben. Schließlich hatte der Laden, als wenn er sich von dem ganzen Hin und Her erst einmal erholen müsste, eine Weile leer gestanden.

Im Dezember vor zwei Jahren war dann ein Silvesterknallerverkauf eingezogen, aber die Leute vom »Partybedarf« – ein Wort, über das Kim lange nachgedacht hatte – waren schon am 2. Januar wieder fort gewesen. Von draußen sah man halb abgerissene Papierschlangen von den Wänden hängen, und zwei Kästen mit leeren Bierflaschen standen mitten in dem kahlen Raum. An die Scheibe hatte der Hausverwalter wieder einmal den Zettel »Zur Vermietung« geklebt.

Bei den Goldschmidts wurden Wetten darüber abgeschlossen, was für ein Geschäft jetzt einziehen würde. Michael Goldschmidt sagte:

»Das wird ein Café, mit Croissants und Käsekuchen. Davon gibt es ja erst vier oder fünf in dieser Straße.«

Kim fand diese Aussicht gar nicht so schlecht. Croissants und Käsekuchen konnte es schließlich nicht genug geben, und so schloss sie sich ihrem Vater an. Sari sagte:

»Nein, das wird ein Zeitungsladen mit Fußballkartenverkauf.«

Kim kam ins Schwanken, denn diesen Tipp fand sie auch nicht schlecht. Es gab ja eine Menge Sammel-Kundschaft hier im Viertel. Marylou Goldschmidt kippelte auf ihrem Stuhl vor und zurück, sah nach oben zur Decke, schloss die Augen für ein Weilchen, schlug sie wieder auf und sagte: »Da kommt ein Pinselladen rein, for sure!«

Die anderen drei Goldschmidts lachten, weil das kein Tipp war, sondern ein Herzenswunsch. Ein Pinselladen! Das war Marylous Name für einen Laden, der alles zu bieten hatte, was sie tagtäglich für ihre Arbeit brauchte: Porzellanfarben in Perlweiß, Kanariengelb, Chinarot und Enzianblau. Pinsel und Pinselchen mit Chinaborsten und Rindsohrenhaar, dazu Skizzenblöcke in zwanzig verschiedenen Größen, riesige Pappmappen mit farbigen Seidenbändern und Bleistifte in zwanzig verschiedenen Härtegraden. Genau wie damals in London, als sie Porzellanmalerin gelernt hatte und der Pinselladen gleich neben der Kunstschule gewesen war – und zwar im Erdgeschoss des Hauses, in dem sie ein Zimmer gemietet hatte. Warum konnte das hier nicht auch so sein? »Kein Pinselladen weit und breit«, sagte sie oft, »hat man in dieser Stadt Angst vor Farbe?«

»Nicht vor Farbe, Marylou«, hatte ihr Mann geantwortet, »aber vor dem Großhandel am Stadtrand und dem Versandgeschäft. Nur ein Wahnsinniger würde hier einen Pinselladen eröffnen.«

Marylou machte Bewegungen, die aussahen, als würde sie versuchen, gleichzeitig zu nicken und den Kopf zu schütteln. Ein Pinselladen in der Nähe war durch keinen Vorratseinkauf zu ersetzen. Am Ende fehlte doch immer genau das Döschen oder genau der Pinsel, mit dem man beim letzten Großeinkauf im Großhandel nicht gerechnet hatte.

Marylou Goldschmidt war entschieden für kleine Mengen und kurze Wege. Das lag so in ihrer Natur.

Es war nur wenige Wochen später gewesen, als Sari und Kim auf dem Nachhauseweg von der Schule zum ersten Mal einen Mann mit struppigen grauen Haaren, hängenden Schultern, schlottrigen Hosen und gemütlichem

Wollpullover auf einer Leiter in dem leeren Laden hatten stehen sehen. Der malte langsam und sorgfältig eine Wand nach der anderen an. Jede in einer anderen Farbe. Er schien sich dabei nicht gerade zu überstürzen, sondern saß zwischendurch lange mit einer Tasse Kaffee auf der Leiter, schaute auf sein bisheriges Werk und nickte bedächtig. Wann immer er Kim und Sari sich vor dem Geschäft neugierig herumdrücken sah, winkte er ihnen freundlich zu. Wenig später fuhren die Goldschmidts in die Winterferien, und als sie nach zehn Tagen wiederkamen, konnten sie während der Suche nach einer Parklücke auf einem quer über die zwei großen Schaufenster gezogenen Band lesen:

»Eröffnung 1. März – Künstlerbedarf Sanftleben«.

Marylou stieß einen Jubelschrei aus: Halleluja! Keine Vorratskäufe mehr! Diesen Jubelschrei durfte sie insgesamt viermal wiederholen, denn so viele Runden mussten die Goldschmidts drehen, bevor sie einen Parkplatz gefunden hatten.

Gleich am nächsten Tag liefen Kim und Sari wieder am Geschäft vorbei, um weitere Einzelheiten auszukundschaften, aber außer, dass hinter die »1« noch eine »4« hineingequetscht worden war, es also jetzt hieß: »Eröffnung 14.

März«, gab es nichts mehr zu sehen, denn die Schaufenster waren jetzt mit großen Papieren verklebt. Dahinter polterte und raschelte es verheißungsvoll.

Die Goldschmidts waren jedenfalls die Ersten, die am Samstag, den 14. März, pünktlich um 10 Uhr morgens vor der Tür des neuen Künstlerbedarfs standen. Paul Sanftleben schloss auf und begrüßte seine frühe Kundschaft mit einem ebenso freundlichen wie zaghaften Händedruck. Marylou Goldschmidt strahlte ihn an und sagte: »Danke, dass Sie gekommen sind«, und Paul Sanftleben antwortete, nach einem kurzen Stutzen: »Ganz meinerseits.« Dann erkundigte er sich nach ihren Wünschen und führte sie in die richtigen Abteilungen, wo sie gleich in ein langes Gespräch über Farben, Pinsel und Meißel gerieten. Kim und Sari stellten solange die riesige Holzgliederpuppe neben der Kasse auf verschiedene Torschusspositionen ein. Nachdem sie auch eine Fallrückzieherstellung hinbekommen hatten, die das Zeug zum Tor des Monats hatte, entdeckte Sari, dass es eine Schnitzmesser-Abteilung gab, und vertiefte sich mit Herrn Sanftleben in ein Expertengespräch über gerade und gebogene Messerklingen. Weihnachtssterne allerdings gab es weit und breit keine im »Künstlerbedarf Sanftleben«. Weder aus Holz noch aus Styropor oder Glas. Kim war halb erleichtert, halb enttäuscht gewesen: weniger Konkurrenz für den echten Weihnachtsstern, aber auch weniger Material für ihre Sammlung. Na ja, im März war die Saison für Weihnachtssterne ja sowieso vorbei.

Im darauffolgenden Dezember aber entdeckte sie eine dicke Rolle Geschenkpapier hinter dem Tresen. Goldene Weihnachtssterne auf grünem Grund. Da hatte auch sie den Pinselladen endgültig in ihr Herz geschlossen.

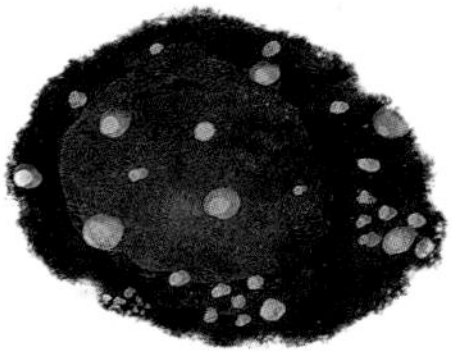

Jetzt also stand Kim wieder einmal in Herrn Sanftlebens Laden, hatte ein leises »Hallo« in die seltsame Musik hineingewispert, die aus den kleinen Lautsprechern hinter dem Tresen strömte, und sagte: »Meine Mutter braucht Perlmutt-Farbe.«

»Ach herrje«, antwortete Paul Sanftleben, »muss sie denn noch pinseln? Am Tag vor Weihnachten?«

»Ja, die Schaufenster-Engel sind kaputtgegangen. Jetzt muss sie alle neu machen. Acht hat sie schon fertig, vier fehlen noch.«

Herr Sanftleben holte das Döschen mit Porzellanfarbe, Perlmutt, und legte es auf den Tresen.

»Mit Quittung bitte«, flüsterte Kim, denn eigentlich musste Marylou Goldschmidts Chef die Extra-Farbe bezahlen. Am Ende jedes Monats überreichte ihre Mutter ihm die Zettel aus Paul Sanftlebens Kasse, und er gab ihr das Geld dafür zurück. »Dann unterstütze ich jetzt eben auch Künstlerbedarf Sanftleben«, sagte ihr Chef dann immer, »in Gottes Namen.« Und Marylou Goldschmidt nickte dazu, hochzufrieden.

Herr Sanftleben hatte sich schon über den Quittungsblock gebeugt. Langsam und deutlich trug er in großen Buchstaben und Ziffern den Namen der Farbe und ihren Preis ein. Was war das nur für eine Musik, die so schön war, dass sie traurig machte?, überlegte Kim. Waren das eben die Klänge einer Harfe gewesen? Und was für seltsam sanfte, dunkle Flötenlaute. Die Stimmen, die dazu sangen, waren hell und klar und wie Schneeflocken, die auf der Hand zu

Wasser werden, aber weit weg, sehr weit weg, vielleicht in einer anderen Welt und irgendwie – geisterhaft. Jedenfalls trieb sie Kim wieder und wieder Tränen in die Augen.

Herr Sanftleben schob ihr Quittung und Döschen hin. Einen Augenblick lang lauschten beide der Musik. Kim schaute dabei auf die dicke Rolle mit dem Geschenkpapier hinter Herrn Sanftlebens Rücken. Weihnachtssterne auf hellgrauem Grund. Letztes Jahr waren es Weihnachtssterne auf lila Grund gewesen. Die Farbe des Hintergrundes wechselte jedes Jahr, die Sterne aber blieben golden. Kim hatte von jeder Sorte ein Stückchen in ihren Karton getan.

Herr Sanftleben sah, woran Kims Augen hängengeblieben waren, und er hatte auch gesehen, dass sie in Tränen schwammen.

»Soll ich das Döschen vielleicht einwickeln?«, fragte er freundlich. »Das mache ich gern. So kurz vor Weihnachten kann man doch zwischen Geschenken und Nicht-Geschenken gar nicht mehr unterscheiden. Außerdem wird sowieso keine Kundschaft mehr kommen. Die Leute kaufen heute vielleicht noch Parfüm und Socken, aber sicherlich keine Pinsel.«

Kim nickte. Herr Sanftleben schnitt ein Stück Papier ab, wickelte es um das Döschen und band es mit einem dünnen goldenen Band zu. Das dauerte eine ganze Weile, denn auch hiermit ließ er sich Zeit. Kim schluckte zweimal kräftig, deutete auf die Weihnachtssterne und fragte, immer noch sehr leise:

»Ist das ein Komet?«

Herr Sanftleben sah erst auf das Geschenkpapier und dann in Kims verzagtes Gesicht. »Was für eine Frage!«, rief er aus. »Das ist ja eine Frage nicht für Paul Sanftleben«, sagte er und tippte dabei mit dem Finger auf seine Brust, »sondern für Arthur Sanftleben, meinen Onkel.« Jetzt wies sein Finger aus dem Laden hinaus, in weite Ferne.

Kim stellte sich vor, dass dieser Onkel in Amerika wohnte oder in Russland, viele tausend Kilometer weit weg.

»Er ist ein echter Sternenkundiger«, fuhr Herr Sanftleben fort, »genauer gesagt, ist er Professor für Astrophysik, noch genauer gesagt, für in-ter-stel-la-ren Staub«.

Er sprach sehr langsam und deutlich, Silbe für Silbe, und schüttelte dabei den Kopf über die Wörter, die diese Welt so zu bieten hatte. Aber weil er so langsam und deutlich sprach, hörte Kim etwas sehr Vertrautes heraus: »Ich heiße auch Stella«, sagt sie, »mit zweitem Namen.«

Herr Sanftleben sah sie erstaunt an: »Das wusste ich ja noch gar nicht«, antwortete er, »ja, genau, in diesem Staub, da steckt dein Name drin! Na, kein Wunder, dass du dich für Sterne und Kometen interessierst.«

»Morgen habe ich Geburtstag«, sagte Kim, die in kurzen Sätzen sprechen musste, weil die Tränen immer noch locker zwischen Kehle und Augen hin- und herwanderten.

»Potztausend«, rief Herr Sanftleben, schlug mit der flachen Hand auf den Ladentresen, richtete seinen runden Rücken kerzengerade auf und ließ seine Augen blitzen. »Dann ist der Weihnachtsstern ja sozusagen dein Namensstern, dein Glücksstern, oder?«

Kim nickte. Herr Sanftleben sah sie nachdenklich an.

»Tja, ob der Weihnachtsstern ein Komet ist?«, nahm er dann den Faden wieder auf. »Ja, ja, warte mal, ich habe so etwas mal gehört, dass es ein Komet war, der da über Bethlehem zu sehen gewesen war, damals. Der Halley'sche Komet, glaube ich, aber ich bin nicht sicher, und Einzelheiten weiß ich gar nicht mehr. Sag mal, Kim Stella, warst du eigentlich schon mal im Planetarium?«

»Ja, einmal«, antwortete Kim, »aber die Musik war da so unheimlich, dass ich gleich wieder wegwollte. Dabei waren die Eintrittskarten richtig teuer gewesen.«

Herr Sanftleben nickte nachdenklich. »Sphärenklänge«, sagte er, »ja, die sind merkwürdig, sie ziehen so an der Seele, das ist nicht jedermanns Sache. Aber weißt du, Kim, als ich noch ein Kind war, ja, vielleicht gerade so in deinem Alter, da haben wir einmal einen Schulausflug in eine Sternwarte gemacht, und am Ende der Vorstellung haben sie uns gesagt: ›So, jetzt dürft ihr einmal alle nacheinander durch dieses Fernrohr gucken, denn es gibt tatsächlich einen Stern, den man am helllichten Tag sehen kann. Er wurde erst vor Kurzem entdeckt.‹ Wir waren alle richtig aufgeregt, denn davon hatten wir tatsächlich noch nie etwas gehört. Und, was glaubst du, war das dann für ein Stern?«

Kim sah Herrn Sanftleben gespannt an und zuckte mit den Achseln.

»Der Mercedes-Stern!«, rief er. »Ein schnödes Stück Metall, das sich auf dem Dach einer Autofirma dreht!«

Bei aller Sanftheit klang er in Erinnerung an diesen Möchtegern-Witz noch immer ehrlich empört. »Uns ein Autozeichen als Himmelskörper zu verkaufen«, fuhr er fort, »also wirklich! Ich habe jahrelang alle Planetarien und Sternwarten bestreikt, jawohl.«

Kim nickte. Sie war ganz auf seiner Seite.

»In Sachen Sterne bin ich dann nur noch zu meinem Onkel gegangen«, sagte Herr Sanftleben, »der hat mir schon, als er noch Student war, immer den Himmel erklärt. Und dann ist er tatsächlich Professor geworden, Professor für interstellaren Staub – in-ter-stel-la-ren Staub!« Wieder musste Herr Sanftleben den Kopf schütteln und dabei lachen über dieses herrliche Wort, in dem Kim mit ihrem zweiten Vornamen versteckt war, und Kim lachte mit. Die Tränen waren fort.

»Ja, ja, er weiß alles über den Staub da oben im Weltraum, aber hier unten auf der Erde, da ist ihm Staub ein Fremdwort. Wenn wir nicht ab und zu vorbeikämen und ihm ein Süppchen bringen würden und ein bisschen mit Lappen und Staubwedel zugange wären, würde er entweder einstauben oder verhungern. Der gute Onkel Arthur …« Herr Sanftleben schaute versonnen an Kim vorbei auf die Wand mit den Stiften und Pastellfarben, als sähe er dort sich selbst und seinen Onkel, wie sie beide vor vielen Jahren in ein Gespräch über die Sterne vertieft waren.

Dann, mit einem kleinen Ruck, setzte er sich wieder auf und blickte Kim an.

»Möchtest du ihn vielleicht mal kennenlernen, meinen Onkel Arthur? Er kann dir deine Frage mit dem Kometen sicher beantworten – viel besser als ich.«

Kims Augen begannen zu leuchten. Herr Sanftleben schaute auf die Ladenuhr.

»Hör mal, meine Frau kommt in einer halben Stunde hierher, holt Stifte und Papier für Arthur aus dem Laden und geht dann ohnehin zu ihm, er wohnt nur fünf Minuten von hier. Du könntest mitgehen. Willst du?«

Also doch nicht Amerika oder Russland!, dachte Kim und nickte heftig.

»Nun, Stella Kim, ich meine Kim Stella, ich schlage vor, du bringst deiner Mutter jetzt das Perlmutt-Döschen, damit die restlichen vier Engel fertig werden, und fragst sie, ob du mit meiner Frau einen liebenswürdigen alten Professor für interstellaren Staub besuchen darfst, und dann gehst du zusammen mit Luise zu Onkel Arthur. Ich rufe ihn gleich mal an und bereite ihn auf stel-la-ren Besuch vor. Guter Plan?« Er zwinkerte Kim zu.

Kim nickte wieder. Guter Plan. Jetzt war sie nicht mehr zu traurig, sondern zu aufgeregt, um viele Worte zu machen. Schon war sie mit dem Döschen auf und davon. Durch den Regen rannte sie nach Hause, klingelte Sturm, raste die Treppen ins dritte Stockwerk hoch und erzählte atemlos von Arthur Sanftleben, Fachmann für Staub und Sterne und außerdem Paul Sanftlebens Onkel.

»Well, das scheint mir doch eine ganz gute Idee zu sein«, meinte die Mutter und nahm dankbar das Perlmutt-Döschen entgegen, »Why not? Einen Professor für, für – wie war das noch?«

»Interstellaren Staub«, sagte Kim.

»Ja, genau«, fuhr die Mutter fort, »so einen kann man doch wohl nicht alle Tage treffen. Um sechs Uhr bist du aber wieder zu Hause, ja? Take care, honey!«

»In Ordnung«, rief Kim und sprang schon wieder die Treppe hinunter, immer drei Stufen auf einmal.

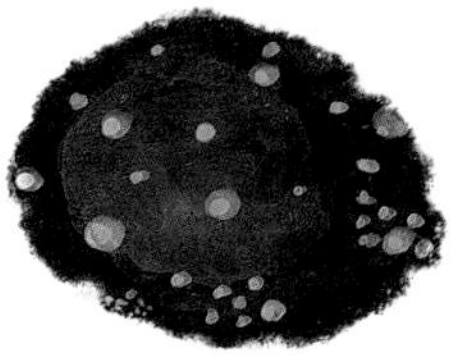

Als Kim die Tür zum Künstlerbedarf wieder aufstieß, war Frau Sanftleben schon dort. »Hallo, Kim«, rief sie mit ihrer munteren Stimme, »und wir zwei gehen gleich zu Onkel Arthur, stimmt's?«

Sie saß dort, wo eben noch ihr Mann gesessen hatte, und tippte schnell und energisch die Liste ab, über der er bis eben gebrütet hatte. Luise Sanftleben war eine rundliche Frau mit rosigen Wangen und braungrauen Löckchen. Wenn Kim sie auf der Straße traf und ein Stück neben ihr herging, musste sie fast rennen. Selbst Sari verfiel neben Frau Sanftleben immer in Dauerlauf, so schnell waren ihre flinken kleinen Schritte. Und nicht nur ihre Schritte. Sie nahm sich etwas vor, und zack, war es erledigt. Weil sie so schnell war, konnte ihr Mann so langsam sein; weil er so langsam war, konnte sie so schnell sein. Weil er alles so bedächtig und sorgfältig in die Regale räumte, konnte sie so rasch überblicken, was fehlte. Weil sie so zügig die Bestelllisten tippte, hatte er Zeit, Pappen und Papier, Stifte und Spachtel und Farbtuben und Folien so sorgfältig zu stapeln, einzureihen und aufzustellen, dass es eine reine Freude war, auch nur das kleinste Pinselchen zu kaufen.

»Bin fertig«, rief Frau Sanftleben in den Raum hinein. »Paul, hast du die Sachen für Arthur?«

»Momentchen noch«, brummelte Herr Sanftleben, der tatsächlich schon ein paar Papierblöcke auf den Tresen gelegt hatte. Nun hielt er mit auf die Stirn geschobener Brille verschiedene Bleistifte dicht vor seine Augen und prüfte ihre Härtegrade, um eine geeignete Auswahl für seinen Onkel zu treffen. Schließlich hatte er alles zusammen, schob Papier und Stifte in eine Tüte und legte sie seiner Frau, die schon in Mantel und Mütze mit Kim an der Ladentür wartete, in den Einkaufskorb, mitten auf Kartoffeln, Möhren, Lauchstangen und Petersilie.

»Oh, das wird ja eine köstliche Suppe geben«, sagte er und drückte seiner Frau einen Kuss auf die Wange. »Auf Wiedersehen, Kim Stella, und erzähl mir das nächste Mal, was der gute Arthur zur Frage des Kometen gesagt hat.«

Bedächtig trat er aus der Ladentür und winkte ihnen nach, in allerfreundlichster Zeitlupe.

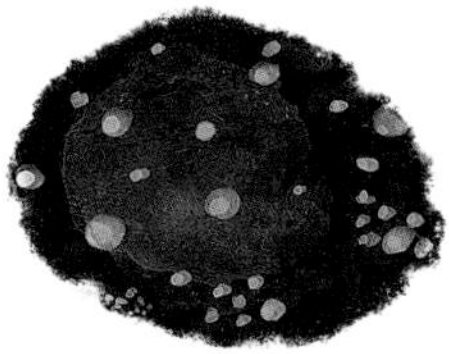

Kim lief neben Frau Sanftleben her, die sich eingehend nach den anderen drei Goldschmidts erkundigte. Nach Sari, ob er schon aus der neuen Lieferung Lindenholz etwas bekommen habe. Diese Linde, die habe sie nämlich gekannt. In ihrem Heimatdorf habe sie gestanden. Sie drohte, quer über die Straße zu fallen, also musste man sie fällen. Ja, da habe sie das Holz gleich aufgekauft, damit die Linde weiterleben kann in den Schnitzereien der Künstler. Und der Sari, ja, der sei nun wirklich auch schon ein echter Künstler, oder? Und der Papa? Oh je, aufs Land hat er rausfahren müssen? Bei dem Regen! Und die Mama? Muss Engel anpinseln für die Schaufensterkrippe? Herrjemine, was gerade vor Weihnachten immer so alles anfällt …

»Weißt du was, Kim«, sagte Frau Sanftleben, »da nimmst du gleich, wenn ich die Suppe gekocht habe, auch für euch noch einen Topf voll mit. Deine Eltern haben heute ja viel zu viel zu tun, um zu kochen, und am Ende des Tages braucht der Mensch doch was Warmes, sonst verkühlt sich die Seele, hat meine Oma immer gesagt.«

Kim hörte nur mit einem Ohr zu. In Gedanken war sie nicht bei dem Abendessen, das ja noch weit weg war, sondern bei den Sternen, die jetzt nah und näher rückten. Nur um eine Ecke mussten sie noch gehen und dann weiterlaufen bis zum letzten Haus in der Straße.

»Klingel doch mal bitte, Kim«, sagte Frau Sanftleben, »dann brauche ich die Taschen nicht abzusetzen, ich hab' sie gerade so gut im Griff.«

Kim suchte »Sanftleben« auf dem Klingelschild, fand den Namen ganz oben und drückte auf den dicken schwarzen Knopf. Sie warteten ein Weilchen, dann sprang die Tür mit einem heiseren Summen auf, und sie stiegen die Treppen hoch – bis es nicht mehr weiterging, fünf Stockwerke. Ab dem dritten Stockwerk wurden selbst Frau Sanftlebens Schritte etwas langsamer. Oben angekommen, stellte sie ihre Taschen ab und holte tief Luft. In diesem Moment öffnete sich die Wohnungstür.

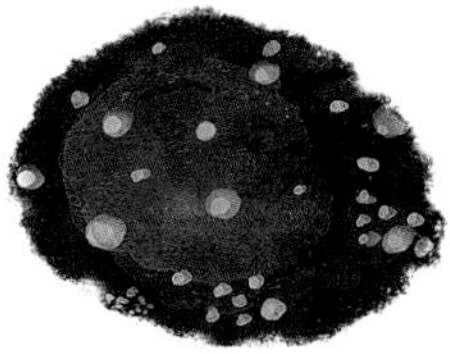

Kim hatte sich Arthur Sanftleben als einen langen dünnen Professor vorgestellt, mit wildem Strubbelhaar, großer runder Brille und Zottelpullover, zumal er ja Herrn Sanftlebens Onkel war. Aber er war um einiges kleiner als sein Neffe. Seine Haare, noch dicht und dick, lagen wie eine kleine schneeweiße Kappe um seinen Kopf. Eine goldene, eckige Brille saß auf seiner Nase, er trug ein helles Hemd unter einem glatten blauen Pullover und eine dunkle Cordhose. Freundlich sah er Kim an und reichte ihr die Hand.

»Ich freue mich, dich kennenzulernen, Stella«, sagte er, »was für ein schöner Name!«

Es war das erste Mal, dass jemand Kim nur bei ihrem zweiten Namen nannte. Das hörte sich ziemlich merkwürdig an, aber sie nickte nur und sagte leise »Guten Tag«.

Als sie im Wohnzimmer standen, sah sie sich schüchtern um. Auf halber Höhe der Räume wurden die Zimmerwände schräg, und bis genau dahin waren rundherum Bücher hochgestapelt – ohne auch nur eine einzige winzige Lücke. Draußen war es nun schon dunkel geworden, aber hier leuchtete kein Licht von der Zimmerdecke. Vielmehr erstrahlten viele kleine Lampen verstreut im ganzen Zimmer. Auf dem Schreibtisch links neben der Tür stand ein Globus. Auch der war hell erleuchtet, aber er zeigte keine blauen Meere, keine Kontinente mit grünen Ebenen und braugrauen Bergzügen, sondern aus tiefblauem Grund erstrahlten Hunderte von hellen Punkten in unterschiedlicher Größe: ein Sternenhimmel zum Anfassen und Hin- und Herdrehen. Kims Augen konnten sich kaum davon losreißen. Aber da war noch etwas anderes: ein Fernrohr vor dem Dachfenster. Es stand auf einem dreibeinigen silbernen Gestell und schimmerte so hell wie die Perlmuttfarbe für Marylou Goldschmidts Engel. Es war mit dem etwas breiteren Ende nach oben gerichtet, in den grauen Himmel hinein, aus dem dicke Regentropfen gegen die Scheibe prasselten. Kims Herz begann wild zu klopfen. Ob sie dadurch den Weihnachtsstern würde sehen können, den einzig echten Weihnachtsstern? Schließlich war es fast Weihnachten, man konnte ja schon die Stunden zählen.

Arthur Sanftleben sah, dass Kims Augen am Teleskop hängen blieben. »Der Himmel hat die Vorhänge zugezogen«, sagte er mit einem bedauernden Lächeln, »keine Vorstellung heute Abend, fürchte ich.« Als er Kims enttäuschtes Gesicht sah, fügte er hinzu:

»Du musst mich mal an einem Tag mit klarem Abendhimmel besuchen kommen, Stella, dann werden wir allerhand sehen können, selbst hier, mitten in der hell beleuchteten Stadt, die den Sternen immer das Licht abluchst.«

Aber dann wird der Weihnachtsstern nicht mehr da sein, dachte Kim, und jetzt waren die Tränen schon wieder auf halbem Weg in ihre Augen, als hätten sie nur auf eine Gelegenheit gelauert zu zeigen, dass sie noch ganz nah waren. Wenn sie jetzt anfing zu heulen, würde sie am Ende gar nichts mehr über den Weihnachtsstern erfahren. Energisch versuchte Kim, die Tränen herunterzuschlucken. Herr Sanftleben aber hatte Kims Enttäuschung bemerkt und schien sie sehr gut zu verstehen.

»Weißt du, Stella«, sagte er, »ich habe erst spät in meinem Leben, ich war vielleicht schon an die fünfzig Jahre alt, gelernt, Wolken und Nebel hinzunehmen. Ja, selbst als erwachsener Mann war ich oft außer mir, wenn ich mich auf einen Abend am Fernrohr gefreut hatte und dann alles von einer Stunde auf die andere hinter einem Wolkenvorhang verschwand. Keine Venus, die frech den Jupiter überholt, keine leuchtenden Ringe in der Magellan'schen Wolke, tja …«

Er seufzte in Erinnerung an diese Abende ohne Durchblick in den Himmel. »Schließlich habe ich einen Trick erfunden.«

»Einen Trick?«, fragte Kim, die sich Arthur Sanftleben gerade als jungen Mann vorgestellt hatte, wie er vor Wut über einen bedeckten Himmel mit den Füßen aufstampfte und die Faust ballte.

»Einen Trick«, antwortete Arthur Sanftleben. »Komm, ich verrate ihn dir.«

Er ging mit Kim an sein Teleskop und stellte es für sie ein. Kim sah auf seltsam scharfe Weise ein dunkelgraues Nichts.

»So, jetzt der Trick«, sagte der alte Professor. »Schau mal dieses Grau ganz genau an. Grau ist nicht einfach Grau. Es hat viele Schichten.«

Kim versuchte genau das zu tun, was Herr Sanftleben sagte, aber das Grau veränderte sich nicht. Grau blieb Grau.

»Was siehst du?«, fragte der Professor nach einer Weile, die Kim wie eine Ewigkeit vorkam. Ihre Augen begannen zu blinzeln.

»Nichts«, sagte Kim. »Alles ist grau.«

»Das schon«, antwortete Arthur Sanftleben. »Aber an einigen Stellen ist es doch etwas heller, dieses Grau, oder?«

Kim nickte.

»Siehst du es nicht dahinter leuchten? Achte auf eine bestimmte Helligkeit. Nicht die einer Lampe. Eher wie die einer Kerze, die sich in Glas spiegelt.«

Kim versuchte, sich ein solches Schimmern vorzustellen. Erst die Flamme, dann ein Glas daneben, dann beides zusammen. Das war nicht leicht.

Fast gelang es ihr, da war es wieder weg.

»Streng dich nicht zu sehr an«, meinte Herr Sanftleben, der hinter ihr wieder in seinem Sessel Platz genommen hatte. »Es wird kommen. Aber erst, wenn es will, nicht wenn du willst. Hab' Geduld.«

Kim schaute gebannt in das wattige Grau. Lange sah sie nichts als diese dicke dunkle Himmelssuppe. Doch dann wurde es plötzlich heller und flimmriger. War das nicht genau diese Helligkeit, von der Herr Sanftleben gerade gesprochen hatte? Jetzt war es schon fast so hell, dass Kim unwillkürlich die Augen schloss. Dennoch blieb sie nah am Teleskop, denn sie hatte nun das Gefühl, durch ihr Augenlid und das Rohr hindurch immer deutlicher einen Stern zu sehen.

»Jetzt strahlt und funkelt es, stimmt's?«, fragte Arthur Sanftleben.

»Ja«, flüsterte Kim voller Freude, ohne die Augen zu öffnen, »wie kann das sein?«

»Deine Augen schauen jetzt nach innen, mitten in deinen Sternenwunsch hinein«, lautete die Antwort.

Dies war der Augenblick, in dem Professor Arthur Sanftleben und Kim Stella Goldschmidt Freunde wurden. Siebzig Lebensjahre lagen zwischen ihnen, aber die machten nichts aus. Weil es eben vollkommen egal war, ob man fast acht Jahre alt war oder achtundsiebzig, wenn man die Sterne so sehr liebte, dass man den Weg in ihre Welt auch ohne Fernrohr fand.

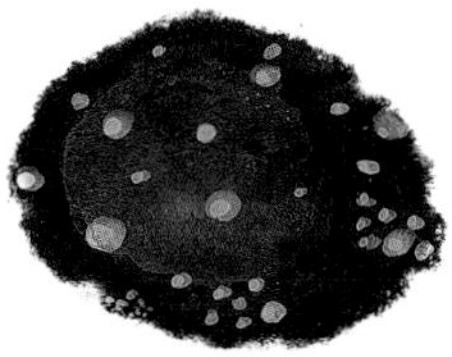

»Er hat einen Schweif«, sagte Kim nach einer Weile, »ich sehe ihn ganz genau. Er zieht ein leuchtendes Band hinter sich her.«

»Hm, hm ...«, meinte Professor Sanftleben, »du hast dir also einen Kometen gewünscht.« Seine Stimme klang ruhig und freundlich. Da öffnete Kim beide Augen und sah mit dem einen in das dichte Grau des Himmels und mit dem anderen auf den Rand des Fernrohrs. Vorbei. Der Stern, ihr Stern, war verschwunden. Sie drehte sich zu Herrn Sanftleben um, der sich in einen Sessel gesetzt und den Kopf zurückgelehnt hatte – seine Augen waren noch geschlossen.

»Was ist ein Komet?«, fragte sie.

Arthur Sanftleben schob seine Brille zurecht.

»Ein Komet«, sagte er, »ist ein eisiger Schneeball, der durchs All treibt. Ein schmutziger Schneeball, muss man sagen, mit Steinchen, Staub und Gas vermischt. Wenn er bei seiner Rumtreiberei da oben der Sonne nahe kommt, schmilzt sie ihn ein bisschen auf. Das ist so ihre Art, Guten Tag zu sagen. Und während sie ihn anstrahlt, lässt sie auch noch ein kräftiges Lüftchen wehen, den Sonnenwind. Der hängt dem Kometen dann einen schönen langen Schweif an.«

Eis, Gas, Staub – und jetzt auch noch Steinchen. Hatte die Stimme im Radio also doch recht gehabt, dachte Kim. Die Freude, die sie eben noch gespürt hatte, geriet ins Wanken – denn wenn nun doch der Weihnachtsstern, so wie die Stimme es gesagt hatte …

Gerade da kam Luise Sanftleben ins Zimmer. Sie stellte eine Tasse Tee und ein Glas Saft auf das kleine Tischchen neben Herrn Sanftlebens Sessel. Und dazu einen Teller mit – Zimtsternen! Sie schien zu wissen, dass Vanillekipferl, Spekulatius oder Lebkuchenherzen in dieses

Zimmer und in dieses Gespräch zwischen zwei Sternenfreunden nicht passte. Nein, es mussten schon Zimtsterne sein.

»Ich bin dann in der Küche«, sagte sie, »falls ihr mich braucht.«

»Ich danke dir, Luise,« sagte Arthur Sanftleben, und Kim sagte gar nichts, weil sie nur daran denken konnte, dass jetzt die große Frage gestellt werden musste: »Ist der Weihnachtsstern ein Komet?«, würde sie gleich fragen. Ja, fast meinte sie schon, ihre eigene Stimme mit dieser Frage hier im Raum zu hören, aber Professor Sanftleben war noch nicht fertig mit den Kometen und sprach weiter:

»Kometen«, sagte er, »sind übrigens ein gutes Beispiel dafür, dass nicht immer nur die Fachleute eine Entdeckung machen. Ich denke da an den 30. Januar 1996, einen Dienstag. Ich erinnere mich noch, als wäre es erst gestern gewesen. Im Institut waren wir alle dabei, auf einen ganz bestimmten Kometen zu warten, den Hale-Bopp. Der sollte nämlich demnächst an der Erde vorbeirauschen. Wir rechneten die Länge seines Schweifs aus und in was für einen Bogen der Sonnenwind ihn pusten würde. Und wie hell würde er sein? Wir konnten an nichts anderes mehr denken. Und mitten hinein in unsere Messungen und Rechnungen platzte die Meldung, ein gewisser Yûji Hyakutake, ein arbeitsloser Fototechniker, hätte in Japan einen der hellsten Kometen entdeckt, die je gesichtet wurden. Und zwar nicht von einer Sternwarte aus mit einem teuren Riesenteleskop, nein, stell dir vor, mit einem Fernglas!«

Kim dachte an das alte Fernglas, das bei ihnen im Flurschrank lag. Warum war sie bloß noch nie auf die Idee gekommen, dass man ja auch damit den Himmel absuchen konnte? Bei ihrer Großmutter, die in den Bergen wohnte, lag doch auch so eines auf der Veranda, und wenn sie sie im Winter besuchten, konnte man damit Lawinen beobachten, die auf der anderen Talseite hoch oben die Hänge runterstürzten und die ihnen, die sicher und sehr weit weg auf einer Holzbank saßen, dann so nahe kamen, dass sie meinten, die Hand nach dem tobenden Schneestaub ausstrecken zu können. Und wenn man die Lawinen und die Bahnen, die sie zogen, mit dem Fernglas so nah heranholen konnte, warum dann eigentlich nicht auch diese Schneeball-Kometen … Oder sogar ….?

Kim sah Herrn Sanftleben an und hoffte, noch mehr über Entdeckungen am Himmel mit Ferngläsern zu erfahren, aber er wirkte, wie er so dasaß und zum Fenster hinaussah, als sei nun er es, der so weit weg war, dass man ihn mit einem Fernglas heranholen musste. Vielleicht hatte er sich zurückversetzt in sein Institut, das Kim sich als einen riesigen runden Raum mit unzähligen Teleskopen vorstellte. Mittendrin sah sie Herrn Sanftleben, wie er eine Eilmeldung las: *Hellster Komet mit Fernglas entdeckt. Von Herrn Hyakutake in Japan.*

»So geht es oft«, setzte Herr Sanftleben mit einem Mal wieder an. »Man will Indien finden und entdeckt Amerika. Man wartet auf den Hale-Bopp, und dann kommt ein Hyakutake. Und dieser Hyakutake, Stella, das kann ich dir sagen, war ein ungewöhnlich schöner Komet. Na ja, eigentlich ist er es wohl noch. Er kommt demnächst wieder vorbei. Schon in zwanzigtausend Jahren.«

Kim musste lachen. Schon in zwanzigtausend Jahren.

Herr Sanftleben sah sie erst erstaunt an, dann lachte er mit. »Im Weltraum ist das gleich morgen«, sagte er. »Der Bursche ist fix unterwegs. Damals leuchtete er übrigens blaugrün, ganz zauberhaft, als hätte er noch rasch ein Bad im Meer genommen, Ostsee im Sommer, würde ich sagen, bevor er losrauschte, um sich zu zeigen.«

Die Ostsee im Sommer kannte Kim. Die war

mehr als schön: Wie hatten alle anderen, außer Herrn Hyakutake, diesen Kometen übersehen können, fragte sie sich. Ob das Meer in Japan auch ostseegrün war?

Auch Herr Sanftleben schien dem schönen schnellen Kometen nachgesonnen zu haben. »Sein Kopf«, erinnerte er sich, »war so groß wie der Mount Everest. Und der Sonnenwind hat seinen Schweif fünfhundert Millionen Kilometer lang gepustet!«

»Haben Sie das gemessen?«, fragte Kim, »oder Herr Hyakutake?«

»Nein, das war auch so verrückt damals«, antwortete Herr Sanftleben. »Keiner hatte ja mit ihm gerechnet, aber ganz zufällig ist eine Raumsonde durch den Schweif geflogen und hat ihn ausgemessen. Unglaublich, oder? Naja, vielleicht war's ja auch gar kein Zufall. Was wissen wir schon über die Kräfte, die da oben im Spiel sind?«

Arthur Sanftleben zuckte mit den Schultern, hielt einen Augenblick inne und sah gedankenverloren auf sein Fernrohr am Dachfenster, als wollte er zu ihm sagen: Ja, du hast schon richtig gehört – auch mit deiner Hilfe kann ich den Himmel nicht enträtseln.

Kim schwieg. Sie hatte Mühe, sich vorzustellen, dass jemand, an dessen Wänden sich die

Bücher über den Weltraum stapelten, nicht einfach alles über die Welt dort oben wusste. Der Hyakutake jedenfalls schien ihn nicht loszulassen.

»Das war schon eine tolle Geschichte«, sprach er weiter. »Hyakutake – ein Name, den man nicht wieder vergisst, oder? Beim Zentralbüro für Astronomische Telegramme wurde er mit diesem Namen eingetragen. Dort bekommen alle Himmelserscheinungen einen Eintrag mit dem Namen ihres Entdeckers. Ja, Stella, es ist tatsächlich so: Die Menschen konnten nicht anders, sie haben auch für den Himmel ein Zentralbüro eingerichtet. Wie auf Erden so im Himmel.« Er fing an zu kichern und zwinkerte Kim zu: ein freundlicher alter Mann, der sich über die Erde nicht weniger wunderte als über den Himmel, über die Sterne nicht weniger als über die Menschen.

»Sind Sie auch dort gemeldet?«, fragte Kim und überlegte, dass sie dann gleich auch noch danach fragen würde, ob der Weihnachtsstern im Zentralbüro eingetragen war. Und wenn ja, unter welchem Namen? Stern von Bethlehem? Stern der Weisen? Stern der Magier?

»Ja, aber nur mit einer Staubwolke«, antwortete Herr Sanftleben in Kims rasch übereinanderpurzelnde Gedanken hinein, »einer Wolke aus

Staubkörnchen, die kleiner sind als ein tausendstel Millimeter, aber immerhin älter als unsere Sonne.«

»Liegt dieser Staub auf den Planeten?«, fragte Kim, die sich vorstellte, dass er sich dort langsam sammelte wie auf den Möbeln zu Hause, bis ab und zu dieser Sonnenwind dort vorbeizog wie ein großer himmlischer Staubwedel.

»Der Staub im All, Stella, der schwebt vor allem zwischen den Sternen herum. Weißt du, warum er für uns so unendlich kostbar ist?«

Kim schüttelte den Kopf.

»Nicht, weil er Diamanten und Saphire enthält – ja, das ist tatsächlich so«, sagte er, als er sah, dass Kim große Augen bekam. »Nein, er ist kostbar, weil dieser Staub das Geheimnis der Sterne in sich trägt: Wenn wir etwas über die Sterne wissen wollen, müssen wir den Staub verstehen – weil Sterne aus dem Staub früherer Sterne entstehen. Allerdings müssen wir eben auch viel über Sterne wissen, um den Staub verstehen zu können, den sie zurücklassen. So forschen wir immer im Zickzack. Vom Staub zu den Sternen, von den Sternen zum Staub und wieder zurück.«

»Fällt davon auch manchmal was auf die Erde?«, fragte Kim und überlegte, dass es schließlich eine enorme Taschengeld-Aufbesserung sein könnte, wenn man wüsste, wann und wo dieser Staub mit Diamanten und Saphiren zu Boden rieselte.

»Mehr als hundert Tonnen täglich.«

Kim riss die Augen auf.

»Aber die Körnchen sind so winzig, da ist an Diamantensuche nicht zu denken. Schade, oder?« Herr Sanftleben lachte. »Nein, dieser Staub macht Sternenforscher glücklich, nicht Schatzsucher. Die Geburt eines Sterns ist immer noch ein Wunder, obwohl ständig Sterne geboren werden, genau wie Kinder – es ist und bleibt ein Wunder.«

»Haben Sterne auch Eltern?«, fragte Kim und stellte sich kleine Sterne dicht neben großen vor und Sternenhaufen als Großfamilien.

»Jedenfalls entstehen sie aus dem Körper älterer Sterne – aus ihrem Staub.« Professor Sanftleben zögerte ein wenig, dann fuhr er fort: »Du musst wissen, Stella, wenn ein Stern entsteht, ist er erst einmal sehr, sehr kalt, minus 250 Grad, also hundertmal kälter als der kälteste Tag, den du in dieser Stadt erleben kannst, alle paar Jahre einmal. Und dann wächst er, wird größer und dichter, wird wärmer und wärmer und irgendwann zündet er, wie wir sagen. Und wirklich ist das so, wie wenn du eine Kerze anzündest, Stella: Er fängt an zu leuchten. Millionen und Milliarden Jahre lang. Er hat Zeit. Alle Zeit der Welt.«

Wie das wohl ist, alle Zeit der Welt zu haben, fragte sich Kim. War das die Zeit aller, die in der Welt lebten, zusammengezählt, oder hatte die Welt für sich noch eine eigene Zeit, obendrauf sozusagen? Außerdem – wenn immer neue Menschen in die Welt hinein geboren werden, dann haben die doch auch wieder Zeit, und diese Zeit vermehrt die Zeit der Welt. Dann konnte alle Zeit der Welt eigentlich niemals zu Ende gehen. Jedenfalls war klar, dass so ein Stern sich wirklich nicht hetzen lassen musste.

»Er leuchtet und leuchtet und leuchtet und wechselt dabei langsam die Farbe«, fuhr Herr Sanftleben fort. Ja, genau wie sich die Haarfarbe der Menschen im Laufe ihres Lebens ändert, so ändern auch die Sterne ihre Farbe. Aber sie werden nicht grau. Erst, wenn sie jung sind, leuchten sie bläulich, dann, in ihren besten Jahren, gelblich, und schließlich rötlich, wenn sie auf die Rente zugehen.«

Kim hörte gebannt zu. Der Weihnachtsstern war gelblich, also in den besten Jahren, dachte sie, gar nicht so schlecht!

»Manch ein Stern«, sagte Arthur Sanftleben nach einer kurzen Pause und einigen Schlucken

Tee, »will es im Alter dann noch mal wissen: Statt schwächer zu leuchten, leuchtet er so hell wie nie zu vor, unvorstellbar hell, ja, er leuchtet um sein Leben. *Stella Nova*: Neuer Stern, so haben die Menschen dieses große Leuchten am Himmel über ihnen genannt.« Er lächelte Kim an, die als *Stella* bei ihm aufgetaucht war.

Kim aber war nicht zum Lächeln. Sie hatte sehr genau zugehört und fragte, was gefragt werden musste:

»Aber der Stern stirbt an diesem Leuchten, oder?«

Professor Sanftleben nahm seine Brille ab, rieb sich die Augen, blickte auf seine Brillengläser, als ob dort die Antwort auf Kims Frage verborgen läge, und antwortete: »Ja, das kann man so sagen, Stella, tatsächlich verströmt dieser Stern dabei sein Leben.«

Kim sagte nichts. Stella Nova. Sieht aus wie neu und stirbt. Irgendwie fies. Und das alles unter ihrem Namen.

Herr Sanftleben sah Kim an, ohne seine Brille wieder aufgesetzt zu haben. Er schien auch so zu sehen, welche Gedanken sich in Kims Gesicht spiegelten. »Er gibt das, was ihn zusammengehalten hat, wieder zurück ins All – als Staub. Und daraus können wieder neue, phantastische Sterne geboren werden. Und außerdem«, er zwinkerte Kim zu und setzte seine Brille wieder auf, »haben dann Leute wie ich, die Staub-Experten, wieder etwas zu erforschen. Was sollten wir sonst die liebe lange Nacht tun?«

»Erforschen Sie immer nur Staub?«, fragte Kim.

»Ja, meistens«, antwortete der Professor. »Letzten Endes bin ich an meiner Staubwolke hängen geblieben. Obwohl ich doch zu Beginn meines Studiums nur daran dachte, Sterne zu entdecken, in rauen Mengen natürlich, am liebsten gleich Sternenhaufen oder Sternenströme.«

Kim nickte. Wie gut sie das verstand. Wer wollte schon Sterne gegen Staub eintauschen? Sie überlegte, wie sie ihn trösten konnte, und schob vorsichtig den Teller mit den Zimtsternen zu ihm hin.

Aber Herr Sanftleben schien das nicht zu bemerken und sprach weiter:

»Deswegen habe ich später oft zu meinen Studenten gesagt: Schaut nicht immerzu in die Röhre, fahrt auf eine einsame Insel oder fahrt ins hohe Gebirge und dann nehmt einfach mal ein Fernglas zur Hand, oder schaut mit den Augen, die ihr habt, in den Himmel! Aber natürlich wollen sie auch Sternenhaufen finden oder Sternenströme oder einen Kometen entdecken, einen Hyakutake oder einen Hale-Bopp oder einen Halley'schen …«

Kim hielt den Atem an. Das war doch der, von dem Herr Sanftleben im Pinselladen gesprochen hatte, und auch die Stimme von *Wissenschaft am Nachmittag*.

»… und dabei verlernen sie dann, den Himmel im Ganzen anzusehen und ihre Augen weit schweifen zu lassen. Und ich selbst bin ja nicht besser«, seufzte Arthur Sanftleben.

Kim wartete. Vielleicht kam er ja jetzt von selbst auf den Weihnachtsstern zu sprechen. Kam er aber nicht. Vielmehr hatte er seine Brille wieder auf die Stirn geschoben, den Kopf nach hinten gelegt und die Augen geschlossen. Kim hatte Angst, dass er einschlafen würde, und fasste sich ein Herz.

»Der Weihnachtsstern … Also, der Stern von Bethlehem, meine ich, hm, ist er, also ist er ein Komet, dieser Halley'sche? Auch mit Staub und Gas, meine ich?«, fragte sie. Ihre Stimme war leise und brüchig, aber Arthur Sanftleben hatte verstanden, setzte sich wieder auf und schob seine Brille zurecht.

»Ich denke nicht, dass er ein Komet war.«

Kim war erleichtert. Dem Himmel sei Dank! Ihr Weihnachtsstern hatte mit Staub und Gas und Eis nichts zu tun. Wie sollte er auch, dieser wunderbare, dieser einzigartige Stern. Glücklich steckte sie sich einen Zimtstern in den Mund und ließ den dicken Zuckerguss im Gaumen schmelzen wie Kometeneis im Sonnenwind. Sie fasste Hoffnung – und Mut:

»Eine Stella Nova?« Sie hatte sich überlegt, dass eine Stella Nova mit ihrem Staub für viele frische Weihnachtssterne gesorgt hätte – ein Gedanke, der ihr gut gefiel. Professor Sanftleben schüttelte den Kopf. »Die Sache mit dem Weihnachtsstern ist komplizierter.«

Er blickte in Kims vor Anspannung blasses Gesicht, schaute dann nachdenklich zur Seite auf seine Bücher, sah wieder sie an und sagte langsam:

»Wenn du mich fragst« – er spürte Kims bangen Blick, hielt nochmal inne und sagte dann: »Fragst du mich denn?«

Nun gab es kein Zurück.

»Ja«, sagte Kim.

»Dann«, fuhr Arthur Sanftleben fort, »sage ich dir, dass ich denke, dass meine Kollegen recht haben, die meinen, dass es das gemeinsame Licht von Jupiter und Saturn gewesen ist, dem die Weisen aus dem Morgenland gefolgt sind. Denn damals kamen beide Planeten im Sternbild der Fische einander sehr nahe – so nahe, dass sie von der Erde aus vielleicht ausgesehen haben wie ein einziger Stern. Schau mal her, Stella« – Arthur Sanftleben zog Papier und Bleistift aus der Tüte vom Künstlerbedarf, die neben seinem Sessel stand, und skizzierte mit rascher Hand die Laufbahnen der Planeten Jupiter und Saturn um die Sonne. Dann punktete er das Sternbild der Fische auf das Blatt, angelte einen gelben Filzstift von seinem Schreibtisch und drückte zwei große Kreise eng nebeneinander aufs Papier. Den einen, Jupiter, größer, mit einem dünnen Ring, den anderen, Saturn, kleiner, aber dafür mit ein paar Ringen mehr.

»Der Weihnachtsstern war gar kein Stern? Es waren zwei Planeten?«, fragte Kim und konnte ihren Missmut darüber kaum verbergen.

»Na ja«, sagte Professor Sanftleben, »früher nannte man die Planeten auch Wandelsterne, weil sie am Himmel umherziehen – im Gegensatz zu den Sternen, die so aussehen, als ob sie immer am gleichen Ort stehen, die Fixsterne eben. Aber tatsächlich leuchten diese Wandelsterne nicht selbst. Es ist die Sonne, die sie ins Licht taucht.«

Kim sagte nichts. Sie war schockiert.

»Und jetzt pass' auf«, sagte Herr Sanftleben. »Wir dürfen die Rechnung nicht ohne das Tierkreislicht machen.« Kim sperrte die Augen auf und spitzte die Ohren, in der Hoffnung, dass jetzt doch noch etwas Schönes, etwas Tröstliches kommen würde. Oder wenigstens etwas Lustiges. Tierkreislicht, das klang nach Horoskop, und bei Horoskopen wurde bei ihnen zu Hause immer viel gelacht.

»Dieses Tierkreislicht, hat das mit den Geburtstagen zu tun, also was man ist, Wassermann, Skorpion und Steinbock und so?«, fragte Kim.

»Hm. Jedenfalls damit, welche Bahn die Sonne vor den Sternbildern im Laufe eines Jahres zu nehmen erscheint. Es ist ein Licht, das den ganzen Himmel umspannt, und das man trotzdem kaum jemals sehen kann, jedenfalls nicht hierzulande«, sagte Herr Sanftleben. »Wie der Kegel einer Taschenlampe taucht es auf, sobald im Westen die Sonne untergegangen und im Osten noch nicht aufgegangen ist. Es ist eine Lichtbrücke, die Tag und Nacht verbindet, wenn du so willst.«

Ja, Kim wollte so. Lichtbrücke klang viel schöner als Tierkreislicht. Jedenfalls konnte sie sich den Weihnachtsstern mit seinem schönen Schwung sehr gut als eine solche Lichtbrücke vorstellen. Nicht nur von Tag zu Nacht, sondern auch von einer Weihnacht zur anderen.

»Und wer macht dieses Licht? Wieder mal der Staub«, sagte Herr Sanftleben. »Es ist der Staub, der sich um die Sonne herum sammelt. Er streut und spiegelt es und macht ein gestochen scharfes Gegenlicht daraus. Du siehst, Stella, der Staub im All ist gar nicht ohne.«

Kim freute es zu sehen, dass Herr Sanftleben auf seinen Sternenstaub doch ganz gut zu sprechen war. Ja, er schien sogar ziemlich stolz darauf zu sein, was der an Helligkeit so alles hervorzaubern konnte, wenn es doch eigentlich stockdunkel sein sollte.

»Nicht nur, dass damals Jupiter und Saturn eine Pause eingelegt und ihre Köpfe zusammengesteckt haben wie zwei müde Wandergesellen – dann ist auch noch eine Flut aus Licht vom Jupiter ausgeströmt, schräg zur Erde hinab. Und am unteren Ende dieses Lichts sind die Umrisse der Häuser von Bethlehem überdeutlich hervorgetreten. Wie extra nachgezeichnet. Von einer Himmelshand. Diesem Wegweiser wäre ich auch gefolgt, Stella, oh ja«, sagte Herr Sanftleben.

Er malte den Lichtkegel auf das Papier und davor die Umrisse eines Dorfes, sogar an eine Palme dachte er.

»Wirklich?«, fragte Kim.

»Unbedingt«, sagte der Professor, »dieser

Anblick muss ja von einer himmlischen Schönheit gewesen sein, wie wir sie nur selten zu Gesicht bekommen. Überirdisch eben. Größer als wir. So etwas zieht die Menschen magisch an. Es ist, als wolle sie einem etwas sagen. Da wäre es mir nicht anders ergangen als den Drei Weisen aus dem Morgenland.«

Kim nickte. Sie wäre auch mitgegangen, auf jeden Fall.

»Warte, ich zeige dir ein Bild. Jemand hat einmal versucht, das Gegenlicht über Bethlehem zu zeichnen. Wo war das nur?«

Seine Augen streiften auf halber Wandhöhe die Bücherstapel entlang.

»Hier ist es.« Arthur Sanftleben ging in die Knie, zog ein Buch hervor, blätterte darin vor und zurück und zeigte Kim dann eine Zeichnung, die sich über zwei Seiten erstreckte. Der Weihnachtsstern stand hier fast genau in der Mitte, und nur wenn man ganz genau hinsah, merkte man, dass er aus zwei Kugeln zusammengesetzt war. Ein breiter heller Lichtstrahl ging von ihnen aus und wurde zur Erde hin immer breiter. In diesem Licht standen, wie sorgfältig aus schwarzer Pappe geschnitten, die Krippe, Maria und Joseph, die drei Weisen, Hirten, Schafe, Esel, Kamele und Schafe. Die Ohren der Tiere, die Falten und Bänder in den

Gewändern der Menschen, das Stroh in der Krippe des Christkindes – an alles war gedacht worden.

Kim juckte es in den Fingern, mit einer scharfen Schere an diesen feingezeichneten Kanten entlangzufahren. Ein Prachtstück für ihre Sammlung wäre das! Nur ganz wenig müsste sie nachhelfen, um aus dem Doppelstern einen einzelnen zu machen und aus dem Tierkreislicht einen herrlichen Schweif. Sie seufzte. Sie konnte doch nicht von jetzt an Planeten ausschneiden! Schade, eine Stella Nova, die hätte schon irgendwie gepasst. Sogar ein schöner Komet wie der Hyakutake wäre ihr inzwischen beinahe recht gewesen. Aber zwei Planeten und ein Licht aus Staub? Jetzt wusste sie eigentlich mehr, als sie hatte wissen wollen. Oder jedenfalls etwas anderes, als sie hatte wissen wollen. Und noch wusste sie nicht, wohin damit.

Herr Sanftleben sah, dass Kim verwirrt war und etwas verloren, und auf einmal war auch er, wie er dort mit dem gelben Filzstift in der Hand an seinem Schreibtisch stand, nicht ganz bei sich selbst zu Hause, und Zweifel stand auch ihm ins Gesicht geschrieben. Obwohl das Bild vor ihnen wirklich sehr schön war, unsagbar schön. Zum Herzerweichen. Kim kaute auf ihrer Unterlippe herum, und Professor Sanftleben schob sich nachdenklich die Brille auf die Stirn. »Oder es war eben doch alles ganz anders – damals – vor gut zweitausend Jahren.«

In diesem Moment ging die Tür auf, und mit Luise Sanftleben strömte ein würziger Suppenduft ins Zimmer. »Na«, fragte sie munter, »habt ihr alle Himmelsrätsel gelöst?«

»Ach, Luise«, sagte der Professor mit müder Stimme. »Immer, wenn ich über die Sterne spreche, merke ich, wie wenig ich weiß. Sieben Bücher habe ich geschrieben, aber vielleicht habe ich ja noch nicht mal die Frage verstanden, auf die ich eine Antwort geben wollte.«

Frau Sanftleben schüttelte energisch den Kopf und klopfte ihm auf die Schulter.

»Mein lieber Arthur«, sagte sie forsch, »du bist doch der klügste Mensch unter der Sonne, du grübelst nur zu viel. Lass dir mal das Süppchen schmecken. Damit die Seele sich wärmt. Ich muss jetzt gehen, um Paul bei den Jahresabschlusslisten im Laden zu helfen, und Kim muss um sechs Uhr zu Hause sein. Sterne hin, Sterne her.«

Schon hatte sie ihren Mantel übergezogen, Handschuhe übergestreift, ihren Korb gegriffen und die Wohnungstür geöffnet. Unversehens gerieten Kim und der Professor in ihre schnelle Umlaufbahn. Rasch wie nie zog Kim sich Jacke und Mütze an, und Arthur Sanftleben, der eiligst Papier, Stifte und Bücher zusammengerafft hatte, konnte Kim gerade noch nachrufen: »Komm doch bald mal wieder, wenn du magst, Stella«, bevor beide schon hinter dem nächsten Treppenabsatz verschwunden waren.

WANDELSTERNE

In Gedanken versunken trottete Kim heimwärts. Draußen vor der Haustür hatte sich Frau Sanftleben verabschiedet, ihr einen Beutel mit einem gut zugeklebten Suppentopf in die Hand gedrückt und augenzwinkernd gesagt: »Mit Sternchennudeln, damit auch Sari und deine Eltern etwas von dort oben haben.« Dann war sie mit ihren eiligen kleinen Schritten davongeschwirrt, nicht ohne, schon im Laufen, Kim schöne Grüße an jeden Einzelnen der Goldschmidts aufgetragen zu haben.

Kim zog ihre Kapuze tiefer in die Stirn, als sie um die erste Ecke bog, denn der Wind blies ihr kalt ins Gesicht – viel kälter als noch auf dem Hinweg. Dann sah sie Max. Aber einen Max, den sie nicht kannte. Sie kannte einen Max, der in der Klasse eine große Klappe hatte, der die Jungs auf dem Schulhof anführte, wenn es darum ging, unerlaubterweise über die Mauer zu steigen, einen Max, der in den Pausen grölend an ihr vorbeizog und ihre Schultasche mit heftigen Tritten über den Flur sausen ließ. Dieser Max dort, der am Straßenrand unter der Laterne stand und dessen

Schultern bebten, weil er weinte, der mit zitternden Fingern im Licht der Straßenlaterne an einem dicken Stoffbündel hantierte – dieser Max also, sah zwar genauso aus wie der Max aus der Schule, und doch war er ein ganz anderer. Kim war stehen geblieben und starrte ihn an. Max spürte ihren Blick und schaute kurz hoch. Aber statt »Hau ab, Fischkopf« zu sagen oder nach dem Beutel mit dem Suppentopf zu treten, den Kim neben sich abgestellt hatte, wendete er sich schluchzend wieder seinem Bündel zu. Neben ihm stand ein offener Rucksack, ein Schlafanzugärmel hing heraus. Vorsichtig ging Kim einige Schritte auf ihn zu. Nun sah sie, dass das Bündel ein Kamel war. Ein Kamel aus flauschigem hellbraunem Stoff, der jetzt nass und schmuddelig war. Ein Ohr hing nur noch an einem dünnen Faden, und auch ein Bein schlenkerte haltlos herum.

»Was ist passiert?«, fragte Kim zaghaft, denn sie war nicht sicher, dass Max nicht doch ausschlug, so, wie sie es von ihm kannte.

»Ein Radfahrer ist drübergefahren, volle Pulle. Er hat es in die Pfütze gezogen, zwischen den Speichen«, heulte er, »und drin sind alle meine Karten, alle, die ich gesammelt habe, alle!«

Es dauerte einen Moment, bis Kim verstand, wovon er sprach. Doch dann sah sie, dass Max versuchte, einen Reißverschluss am Bauch des Kamels zu öffnen. Dort, wo normalerweise Kirschkernkissen für Babys mit Bauchweh versteckt waren, hatte Max seine Sammelkarten gehortet. In die Schule hatte er das Kamel noch nie mitgenommen. Das wäre ihr aufgefallen.

»Alles nur wegen der Zahnbürste. Ich glaub, ich hab sie bei meiner Oma vergessen, da krieg ich gleich wieder Ärger zu Hause«, schluchzte Max. »Ich wollte nur kurz nachgucken, und jetzt … Die schönen Karten!«

Max sammelte keine Fußballkarten, er sammelte Star-Wars-Karten. Eine Zeit lang hatte Kim in der Schule, aus sicherem Abstand, interessiert auf diese Wesen fremder Galaxien geschaut. Immerhin waren auch die offenbar mit den Sternen eng verbunden, wie merkwürdig und furchterregend sie auch aussahen. Sari, der die Gefahr bannen wollte, dass Kim von den Fußballkarten zu den Star-Wars-Karten überlaufen und ihm seine beste Sammlerin und Zwischenhändlerin abhandenkommen würde, erzählte ihr, dass »Star Wars« so viel wie »Sternenkriege« bedeutete und sie sich in schreckliche Gefechte mit Klonkriegern, Kopfgeldjägern und Jedi-Rittern verwickeln würde, wenn sie in dieses Geschäft wechselte. Ob sie da nicht doch lieber mit ihm die netten Typen aus der ersten

Bundesliga und der Champions League weitersammeln und in der Schule tauschen wolle? Kim hatte sich zwar gewundert, warum Sari sich so gut mit den Star-Wars-Karten auskannte, hatte sich aber dann schnell wieder auf die Fußballkarten konzentriert. Da bekam sie es nämlich auch nicht mit Max zu tun.

Kurz entschlossen trat Kim jetzt einen Schritt näher an ihn heran. »Gib doch mal her«, sagte sie.

Max sah mit rotgeweinten Augen hoch und überließ Kim das zerrupfte Stofftier mit einem hilflosen Seufzer. Vorsichtig fingerte Kim nach dem flachen Metallplättchen am Ende des Reißverschlusses, der sich unter dem Druck der Räder in den Stoff gebohrt hatte. Zwischen Daumen und Zeigefinger bog sie ihn zurecht. Max sah ihr dabei zu und wischte sich ab und zu über die Augen. Er schluchzte noch immer, konnte gar nicht damit aufhören. Der Reißverschluss funktionierte noch. Kim zog ihn langsam auf, sehr langsam, denn das Kamel war vollkommen durchnässt, und Kim hatte nicht viel Hoffnung, dass die Karten darin noch brauchbar waren. Als sie den Reißverschluss ganz aufgezogen hatte, hielt sie Max das triefende Stofftier hin. Der nahm es aber nicht. Also blieb Kim nichts anderes übrig, als selbst nach dem zerdrückten, aufgewellten Kartenschatz im Inneren des Kamelbauchs zu fischen. Sorgsam trennte sie die aneinander gepappten Karten voneinander, ohne die dünnen Papierschichten zu zerreißen, die sich bereits von den Karten zu lösen begannen. Als Tochter einer Porzellanmalerin und eines Restaurators konnte sie das. Sie suchte nach einem Platz zum Ausbreiten der Karten.

Es hatte aufgehört zu regnen, aber der kalte Wind blies sie ihr schon fast aus den Händen. Kim blickte sich um. Drüben im Hauseingang waren breite Stufen, trocken und windgeschützt. Dort legte sie die Karten aus. Max hatte aufgehört zu heulen, obwohl er gerade jetzt besonders viel Grund dazu gehabt hätte, denn die Sternenkrieger sahen jämmerlich aus. Ausgerechnet die Glitzerkarten waren nur noch Geknitter wie oft gebrauchte Alufolie, und die Zahlen, die offenbar genau wie bei den Fußballern Abwehr- und Angriffsstärken angaben, waren auf manchen Karten überhaupt nicht mehr zu erkennen. Aber Max schien sie auswendig zu wissen. Jedenfalls ordnete er die Karten jetzt schnell und geübt nach einem System, das Kim, die Vereine und Bundesligatabellen vorwärts und rückwärts aufsagen konnte, verschlossen blieb.

Während Max die Karten sortierte, hatte sie endlich Gelegenheit, sich die Sternenkrieger einmal aus der Nähe anzusehen: den Jedi-Ritter Nahdar Vebb mit dem zipfeligen Kopf und den großen Augenohren. Den Ima-Gun Di, vier Sterne hatte der, einen Krallenkopf, Stoßzähne und ein Laserschwert. Den schlaksigen Kopfgeldjäger Seripas mit seinen schreckensweiten Augen; den dickbäuchigen Piraten Gha Nachkt mit seinem grausigen Gebiss. Den Kopfgeldjäger Embo mit einem riesigen Tellerhut und glühenden Augen – und dann, unerwartet und völlig unbewaffnet: Padmé Amidala. Warum hatte sie nur drei Sterne? Warum nicht fünf? Sie sah aus wie eine Königin, auch wenn »Senat« unter dem Bild stand. Aber vielleicht war das ja so eine Art Königin. Jedenfalls war sie von einem strahlenden Licht umgeben, bis zu den Fingerspitzen. Ihr lila Kleid musste wunderschön gewesen sein, bevor der Radfahrer darübergefahren war und es aufgeweicht und zerknittert hatte, genau wie ihr zartes Gesicht mit den langen Wimpern. Stella betrachtete sie lange, ungläubig, dass so eine Gestalt zu den Sternenkriegern gehören sollte. Ob Sari von solchen Karten wusste?

»Schenke ich dir«, sagte Max, der gemerkt hatte, dass Kim die Senatorin vom Planeten Naboo lange angesehen hatte.

»Danke«, flüsterte Kim, die noch immer unsicher war – doppelt unsicher: erstens darüber, was sie von Padmé Amidala, und zweitens, was sie von Max halten sollte, der ihr auf einmal eine Sammelkarte schenkte. Sie ließ die Karte langsam in ihre Jackentasche sinken, bereit, sie sofort wieder rauszuziehen, falls Max es sich nochmal anders überlegte.

Als alle anderen Karten ausgebreitet waren, setzten sich Kim und Max nebeneinander auf die unterste Stufe. So konnten sie die Karten noch besser vor dem Wind schützen. Das Kamel mit dem nassen schlaffen Bauch lag erschöpft zwischen ihnen. Beide schwiegen. Es wurde kalt und kälter. Kim sah, wie der Wind in wilden Stößen den Himmel frei putzte und die ersten Sterne auftauchten. Jetzt könnte man durch Professor Sanftlebens Fernrohr sicher eine Menge sehen, dachte sie. Zwei Stunden zu früh war sie dort gewesen. So ein Pech.

Max schaute nach oben und sagte: »Nun kommt es doch schon heute Abend.«

»Was?«, fragte Kim. »Was kommt?«

»Das Hoch Emil.«

Kim schaute Max fragend an.

»Also, das Tief, aus dem es die ganze Zeit geregnet hat, das zieht jetzt ab, und nun kommt das Hoch Emil, es bringt superkalte Luft aus Russland zu uns, gerade rechtzeitig zu Weihnachten. Vielleicht frieren sogar die Seen zu.« Er blickte trotzdem traurig. Jetzt erst begriff Kim, dass Max übers Wetter sprach.

»Wieso heißt es Emil, dieses Hoch?«, fragte sie. Sie war verwirrt, weil auf einmal alles, was sich am Himmel abspielte, Menschennamen hatte.

»Meine Mutter hat es meinem Vater geschenkt. Der heißt auch Emil. Man kann einen Namen kaufen für das Wetter, als Geburtstagsgeschenk oder Weihnachtsgeschenk, bei einer Wetterstation. Du zahlst denen Geld, und die geben dem Hoch oder dem Tief, das dann kommt, genau diesen Namen, und es wird dann von allen so genannt – im Radio, im Fernsehen und in den Zeitungen. Ich hab's heute Morgen selbst gelesen, meine Oma hat's mir gezeigt. Da stand: Das Tief Silke zieht langsam nach Südosten ab und macht Platz für das Hoch Emil mit Zentrum über Russland. Die Weihnachtstage werden frostig und sonnig.«

»Dieses Emil-Hoch sorgt dafür, dass es endlich aufhört zu regnen?«, fragte Kim, die in Gedanken noch halb bei Professor Sanftleben war, und überlegte, ob dann an den nächsten Abenden überhaupt keine Wolken mehr die Sicht durchs Fernrohr verstellen würden. Vielleicht könnte sie ja gleich morgen noch einmal hingehen …

»Ja, alles passt genau, Weihnachten, das Hoch Emil, aber jetzt ist mein Vater doch wieder auf See, obwohl er dieses Jahr bei uns sein wollte. Er hatte es fest versprochen, weil ja auch das Baby bald kommt.«

Der Satz endete wieder in einem Schluchzer. Max schluckte heftig und wischte sich mit dem Ärmel die Tränen von den Wangen, aber es kamen immer mehr, und er konnte nicht weiterreden. Kim fingerte in ihrem Anorak nach einem Taschentuch und war gleichzeitig damit beschäftigt, all das, was Max in diesem einen Satz gesagt hatte, zu verarbeiten: dass sein Vater zur See fuhr, dass er bald einen Bruder oder eine Schwester bekommen würde, dass seine Traurigkeit womöglich mehr mit dem Vater zu tun hatte, der an Weihnachten eigentlich zu Hause sein sollte und nun doch nicht zu Hause sein würde, und nicht so sehr mit der Zahnbürste, die er bei seiner Oma vergessen hatte, und den aufgeweichten Star-Wars-Karten. Kim konnte nur auf eines davon antworten, und weil sie sich nicht entscheiden konnte, worauf, stellte sie, nachdem sie die Suche nach einem Taschentuch aufgegeben hatte, lieber eine Frage:

»Weißt du, dass auch Kometen einen Namen haben? Den Namen von dem, der sie entdeckt hat?«

»Klar«, sagte Max, »zum Beispiel der Hale-Bopp und der Halley'sche Komet.«

Jetzt verschlug es Kim die Sprache. Max kannte sich ja nicht nur mit Star-Wars-Karten aus, sondern auch im echten Weltraum. Das hätte sie wirklich nicht für möglich gehalten. Nach einer Weile sagte sie:

»Und der Hyakutake.«

»Den kenne ich nicht«, sagte Max, der sonst doch immer alles besser wusste.

»Er ist der größte«, sagte Kim und setzte nach kurzem Zögern hinzu: »und der schönste. Herr Hyakutake aus Japan hat ihn entdeckt. Er hat grün geleuchtet wie die Ostsee im Sommer, und seine Hülle war so groß wie der Mount Everest.«

Sie wusste selbst nicht, warum, aber irgendwie war sie stolz auf diesen Hyakutake, von dem Max noch nie gehört hatte.

Max schluckte es, dass nicht er, sondern offenbar Kim den größten und schönsten Kometen kannte, und sagte: »Über Weihnachten ist mein Vater auch in Japan. Sie liegen im Hafen von Yokohama. Bis dorthin kommt das Hoch Emil nicht. Jetzt hat er dieses tolle Weihnachtswetter und ist doch nicht da.«

Wieder wackelte seine Stimme. Die Tränen saßen bei ihm so locker wie vorhin noch bei Kim, deren Augen und Kehle mit einem Mal vollkommen frei waren – glücklicherweise, sonst hätten hier ja gleich zwei schniefende Häufchen Elend gesessen.

»Woher weißt du so viel über Sterne?«, fragte sie Max.

»Wer zur See fährt, ist verloren ohne die Sterne«, antwortete Max, »und weil ich später auch zur See fahren werde, bringt mir mein Vater die Sterne jetzt schon mal bei.«

»Weißt du, dass der Halley'sche Komet gar nicht der Weihnachtsstern war?«, fragte Kim.

Max schüttelte den Kopf. »Ich wusste gar nicht, dass er überhaupt der Weihnachtsstern gewesen sein soll.«

»Jedenfalls«, sagte Kim, »er war's wohl doch nicht. Es waren bloß Jupiter und Saturn. Die standen damals ganz nah zusammen über der Krippe von Bethlehem, im Sternbild der Fische.«

»Wieso ›bloß‹?«, fragte Max. »Das muss ja er Wahnsinn gewesen sein: Jupiter und Saturn, hör mal, das sind die beiden Größten, viel riesiger als die Erde. Wenn die beiden zusammengestanden haben, dann muss es unglaublich hell gewesen sein, viel heller als, als …« Max' Stimme wurde immer munterer, aber dennoch konnte er keinen Vergleich finden.

Kim nickte. »Das meint Herr Sanftleben auch.«

»Herr Sanftleben?«, fragte Max.

»Bei dem war ich eben«, sagte Kim. »Er ist Professor für Sternenstaub. Er hat ein Fernrohr.«

Max sah sie fragend von der Seite an.

»Aber der Himmel war voller Wolken, und es gab nichts zu sehen«, sagte Kim. »Jedenfalls nicht in echt«, fügte sie etwas leiser hinzu.

Max guckte immer noch erstaunt, und immer noch sagte er nichts. Jetzt tat Kim einen tiefen Seufzer. »Und ich dachte immer, es sei ein besonders schöner Stern gewesen, extra zu Weihnachten, und dass er wiederkommt und ich ihn dann vielleicht als Erste entdecken würde.«

»Ich versteh' dich nicht«, sagte Max jetzt, und es klang ehrlich überrascht. »Planeten sind ja so was Ähnliches wie Sterne, oder?«

»Wandelsterne«, sagte Kim. »Aber sie leuchten nicht selbst, die Sonne strahlt sie an.«

»Sag ich doch«, meinte Max. »Dann gab's damals zu Weihnachten sogar gleich zwei davon – zwei superhelle, extra angestrahlte, die sich bei den Fischen getroffen haben! Und da können sie sich ja auch mal wieder treffen, und vielleicht siehst du das dann ja wirklich als Erste, kann doch sein …«

»Du meinst, sie haben sich – verabredet?«, fragte Kim, und jetzt war sie es, die ehrlich erstaunt war.

»Na ja«, sagte Max, »so in der Art. Zufall war das bestimmt nicht. Die stehen doch da oben alle miteinander in Verbindung. So wie Mond und Meer, weißt du? Damit Ebbe und Flut richtig funktionieren. Auf die Minute genau. Das geht doch nicht einfach so.«

Kim schüttelte den Kopf. Nein, wirklich nicht. Dass Mond und Meer dieses Hoch und Niedrig jeden Tag miteinander hinbekamen, und zwar so, dass die Menschen die Uhr danach stellen konnten, das ging sicher nicht ohne – Absprache.

»Mensch, weißt du eigentlich, was da oben los ist?«, legte Max wieder los. »Da gibt's bestimmt jede Menge Strahlen, Kanäle und Wellen: ein richtiges Netz. Unsichtbar natürlich!« Max war aufgestanden und fuchtelte mit den Armen, um das Ausmaß des Netzes anzudeuten, und tippte sich dann mit dem Finger gegen die Stirn, um zu zeigen, wie verrückt es wäre, zu denken, dass die Himmelskörper sich nicht gegenseitig ständig auf dem Laufenden halten.

Aber tatsächlich war Kim bislang nicht im Mindesten auf die Idee gekommen, dass es so etwas wie ein verborgenes Gewebe zwischen all den Sternen, Kometen, Planeten und Monden geben könnte. »Du meinst, die sprechen miteinander?«, fragte sie und blickte zu Max hoch, der aufgeregt um die Laterne kreiste. Sie hatte ihre Hände in die Jackentasche gesteckt, fühlte die Star-Wars-Karte und passte auf, dass sie sie nicht noch mehr zerdrückte.

»Na klar«, sagte Max wieder, als sei Sternensprache das Natürlichste von der Welt. »Nicht so wie wir, aber eben irgendwie doch. Ich glaube, die funkeln nicht nur, die funken auch! Oder vielleicht funken sie, wenn sie funkeln. Wie sollte das da oben sonst alles glattgehen? Da darf doch keiner aus der Bahn geraten oder irgendwelchen Quatsch machen, sonst gäb's doch dauernd Planetenzusammenstöße und so.«

»Stimmt«, sagte Kim, »darüber habe ich noch gar nicht nachgedacht.«

»Siehst du«, antwortete Max. »Dabei ist das bestimmt das Allerbeste da oben im Weltraum.«

»Meinst du wirklich?«, fragte Kim nach, die nicht wollte, dass Max aufhörte, über die Sprache der Sterne zu sprechen.

»Na«, antwortete er, »kannst du dir denn etwas Besseres vorstellen als rauszufinden, wie die Planeten und Kometen sich gegenseitig Nachrichten senden? Vielleicht so wie die Fledermausrufe, weißt du noch, in Sachkunde letzte Woche?«

Kim nickte, obwohl sie sich nur dunkel daran erinnerte, dass von Schallwellen in der Nacht die Rede gewesen war, von Radar und einem Echo, das nur die Fledermäuse, nicht die Menschen hören konnten.

»Wie sie sich mit irgendetwas, Licht oder Wellen oder Strahlen oder was weiß ich, gegenseitig warnen vor all dem Kram, den die Menschen abschießen, und die Menschen verstehen das nicht?«, fuhr Max fort und verstellte seine Stimme: ›Achtung, Mond, diese Typen von der Erde sind wieder auf dem Weg zu dir, diesmal zu fünft.‹ Oder: ›Jupiter an Saturn, Jupiter an Saturn: Wo bleibst du, Mann? Ich warte hier schon eine Ewigkeit …‹«

»Du meinst, dass damals, also, dass Jupiter und Saturn, ich meine, damals zu Weihnachten …« Kim druckste herum.

»Sicher«, fiel Max ihr ins Wort, »die treffen sich doch nicht einfach so zum Spaß. Die beiden haben sich gegenseitig in die richtige Position gebracht, um mit ihrem Wahnsinnslicht die Leute nach Bethlehem zu locken. War doch ein Riesending damals!«

Kim nickte. »Auf jeden Fall.«

»Die Leute haben gedacht, es ist ein neuer Stern am Himmel, aber es waren die Planeten! Die haben nur so getan, als seien sie ein neuer Stern!« Max' Stimme war voller Begeisterung.

»Eine Stella Nova«, sagte Kim mitten in Max' Satz hinein, weil sie an Professor Sanftlebens Worte denken musste, und Max meinte: »Ach ja, richtig, so heißt das, na, jedenfalls gab es in echt gar keinen neuen Stern, sondern ein neues Kind! Das war der Trick. Genial! Sonst hätten es die Leute ja nie erfahren, dass Jesus geboren wurde. In einem Stall vor allem – da wäre doch keiner drauf gekommen, wenn Saturn und Jupiter nicht genau dahin geleuchtet hätten. Zu zweit, verstehst du? Doppelt hält besser.«

»Stimmt«, sagte Kim wieder und merkte, wie sich ganz langsam eine große Freude in ihr ausbreitete – warm und wohlig wie eine Tasse Kakao nach drei Stunden Schneeballschlacht.

»Ich frage mich nur, ob die Monde von Saturn und Jupiter, das waren dann ja mehr als hundert, alle zusammen, also, ob die auch mit geleuchtet haben …«, überlegte Max laut.

Mitten in seine Überlegungen hinein fingen die Kirchenglocken an zu läuten.

»Ich muss gehen«, sagte Kim, »um sechs soll ich zu Hause sein.«

»Okay«, sagte Max, aber es klang so, als wollte er eigentlich sagen: »Wie schade!«

Gemeinsam stapelten sie die Star-Wars-Karten wieder zusammen. Viel trockener waren sie nicht geworden, aber Max schien das gar nichts mehr auszumachen. Er war immer noch bei den Monden.

»Vielleicht haben sie das Licht noch heller gemacht, viel, viel heller, oder es war wie so eine Art Strahlenkranz. So etwas gibt's wirklich«, sagte er.

Kim nickte und sah ihn glücklich an.

Als sie ihm ihren Kartenstapel gab, sagte sie: »Leg sie doch zu Hause noch mal aus, damit sie richtig trocken werden. Und dann kann man sie ganz vorsichtig bügeln, auf Stufe 1. Das hat Sari auch schon mal gemacht – mein Bruder«, fügte sie erklärend hinzu, während sie lostrotteten.

»Ich bekomme auch bald einen Bruder«, sagte Max.

»Super«, antwortete Kim.

»Findest du wirklich?«, fragte Max.

»Klar«, meinte Kim.

»Erst haben sie gesagt, es wird ein Mädchen. Meine Mutter fand das ganz toll, aber nun steht es fest: Es wird wieder ein Junge.«

»Ist doch egal«, sagte Kim, »Bruder oder

Schwester. Jedenfalls hast du dann immer jemanden zum Spielen. Das ist das Wichtigste.«

Max sah Kim an. Kim sah Max an. Dachten sie jetzt beide an das Schultaschenaquarium, das durch die Flure sauste? Von den Jungs in Richtung Mädchen, von den Mädchen in Richtung Jungs? Dann sagte Max, etwas unsicher:

»Kann sein.«

»Wann kommt er denn?«, fragte Kim.

»Am 5. Februar.«

»Kann auch früher sein«, sagte Kim, die sich aus den Erzählungen ihrer Eltern mit dem Früherkommen von Babys sehr gut auskannte. »Vielleicht kommt er ja schon am 30. Januar – wie der Hyakutake.«

»Hm. Meine Mutter meinte auch, dass er bestimmt schon da sein wird, wenn mein Vater wiederkommt«, sagte Max. »Ob er dann überhaupt noch Zeit hat, mit dem Boot rauszufahren und mit mir Sterne zu gucken? Vielleicht will er ja immer nur das Baby füttern und das Baby baden und das Baby rumfahren und so.«

»Quatsch«, sagte Kim, »Väter haben immer für beide Zeit. Oder eben für keinen von beiden, wenn sie wegfahren und arbeiten müssen.«

»Fährt dein Vater etwa auch zur See?«, fragte Max.

»Nein, er repariert Kirchen.« Auf einmal

musste sie lachen, weil die beiden Väter doch etwas gemeinsam hatten: »Er repariert Kirchenschiffe, weißt du, diese hohen Räume in der Kirche mit der gebogenen Decke, die nennt man auch so: Schiffe. Das dauert manchmal ziemlich lange, und ab und zu ist er auch mal eine ganze Woche lang weg.«

Max nickte verständnisvoll.

»Und meine Mutter malt von morgens bis abends Porzellan an«, sagte Kim. Das war nun wirklich übertrieben, aber sie wollte Max damit trösten, dass andere Eltern auch oft nicht bei ihren Kindern sein können. Ihre zum Beispiel.

Sie legte sogar noch ein bisschen nach: »Manchmal vergessen sie sogar zu kochen, und deshalb hat Frau Sanftleben mir auch die Suppe mitgegeben – die Suppe!« Kim drehte sich erschrocken um. Sie hatte sie auf der Straße stehen lassen.

»Dieser bunte Beutel?«, fragte Max.

Kim nickte.

Wie ein geölter Blitz rannte Max die Straße runter, holte den Beutel mit dem Topf, der noch genau dort stand, wo Kim ihn abgesetzt hatte, um den Kamelbauch zu öffnen.

»Hier«, sagte er und drückte Kim die Henkel in die Hand. Max' Hand war kalt und Kims auch. Daran war das Hoch Emil schuld. Sie lächelten einander an. Daran waren die Sterne schuld.

Wer ihr eine Suppe nachtrug, würde nie wieder gegen ihre Schultasche treten, dachte Kim. Wer nasse Kamelbäuche öffnet, ist ein prima Kumpel, dachte Max.

»Tschüss«, sagten beide gleichzeitig, weil Max noch eine Straßenecke weiter musste. Und es klang wie »Bis bald!«. Kurz bevor Max um die Ecke bog, rief Kim ihm nach: »Kannst ruhig mal vorbeikommen – wir haben noch Mohnstollen!« Max drehte sich kurz um und hob den Daumen der rechten Hand.

Und dann ist Kim Stella Goldschmidt mit der Sanftleben'schen Suppe am Handgelenk drei Stockwerke nach oben gestiegen, nein, sie ist ohne Absetzen geradezu nach oben geflogen. Es war tatsächlich, als wären ihr Flügel gewachsen wie den Engeln, an denen ihre Mutter wahrscheinlich immer noch herumpinselte, denn sie fühlte sich leicht und glücklich. So glücklich wie man sein sollte, wenn Geburtstag und Weihnachten auf einen Tag fallen und man an einem einzigen Tag gleich zwei neue Freunde gefunden hat.

Das war schließlich fast so besonders, wie dass Jupiter und Saturn im Sternbild der Fische zusammengerückt waren und eine Himmelssekunde lang stillgestanden hatten.

HINWEISE

Die wissenschaftliche Grundlage von *Sternstunde* bildet eine Studie des italienischen Astronomen Konradin Ferrari d'Occhieppo: Der Stern von Bethlehem in astronomischer Sicht. Legende oder Tatsache?, Gießen 1994. Dort wird die »Planetenkonjunktionshypothese« entfaltet.

Die Entdeckung des Kometen Hyakutake wird zuweilen nicht mit dem 30. Januar, sondern dem 31. Januar 1996 angegeben – eine Frage der Datumsgrenze: In Japan kann schon »morgen« sein, wenn weiter westlich noch »heute« ist.

Die erwähnten Gemälde sind folgende:

»Die Sterndeuter aus dem Morgenland«, ein Mosaik in der Basilikalkirche San't Apollinare Nuovo in Ravenna (um 565).

»Anbetung der Könige« von Giotto di Bondone, in der Arenakapelle in Padua (entstanden 1304–1306).

Das Gedicht »Der Stern« aus der Sammlung *Schein und Sein* (1909) von Wilhelm Busch wird zitiert nach der *Historisch-kritischen Gesamtausgabe,* hrsg. von Friedrich Bohne, Hamburg 1959, Bd. IV, S. 394.